Für alle Fälle – Luna

LESE GÖREN

Hortense Ullrich

Für alle Fälle – LUNA

PLANET GIRL

In der Lesegören-Reihe ebenfalls erschienen:
Bianka Minte-König: Wo geht's lang, Girls?
Patricia Schröder: Emely – total vernetzt!

FSC www.fsc.org
MIX
Papier aus verantwortungsvollen Quellen
FSC® C014496

Ullrich, Hortense:
Lesegören
Für alle Fälle – Luna
ISBN 978 3 522 50457 7

Umschlagillustration: Carolin Liepins
Umschlaglayout und -typografie: Maria Seidel
Innentypografie und Satz: Kadja Gericke
Schrift: Minion, KG Ten Thousand Reasons Alt
Reproduktion: Medienfabrik GmbH, Stuttgart
Druck und Bindung: GGP Media GmbH, Pößneck

5 4 3 2 1° 15 16 17 18 19

Kapitel eins

»Ich kann mich ja mal darum kümmern!«, sagte ich und nickte meinem Vater beruhigend zu. Doch der wirkte ganz und gar nicht beruhigt, sondern drehte in leichter Panik seinen Kopf Hilfe suchend zu meiner Mutter.

Sie warf ihm einen vorwurfsvollen Blick zu und wandte sich dann an mich.

»Nein, Luna. Papa regelt das selbst.«

»Ich helfe gern!«

»Ich weiß«, nickte meine Mutter und ganz leise murmelte sie: »Das ist ja das Problem.«

Was sollte das denn heißen?

Wir saßen beim Sonntagsfrühstück und gerade hatte mein Vater meiner Mutter erzählt, dass sein Artikel über die Verschwendung von Steuergeldern für eine Skulptur vor dem Rathaus in der neuen Ausgabe des *Stadt-Magazins* nicht drin war.

»Da hat einer vom Stadtrat interveniert, unter Garantie! Der ist nämlich ein Spezi von diesem Künstler und wahrscheinlich teilen die sich das Honorar. Das Geld hätte man wesentlich sinnvoller anlegen können, zum Beispiel für die Kita in der Vorstadt. Da herrschen unglaubliche Zustände, die Kinder sind in einem baufälligen Gebäude untergebracht«, hatte er sich aufgeregt.

Ich bin der Meinung, mein Vater hat recht. So etwas kann man doch nicht einfach hinnehmen, da muss man was tun!

»Wenn Luna sich drum kümmert, wird Papa entweder verhaftet oder die Kita wird geschlossen«, sagte mein ein Jahr jüngerer Bruder Paul kauend. »Das wird genauso wie damals, als sie zu meinem Biolehrer gegangen ist und sich darüber beschwert hat, dass er mich zu einer Strafarbeit verdonnert hat, weil ich im Unterricht geschwätzt hatte.«

»Aber du hast doch deinen Nachbarn bloß immer wieder danach gefragt, was der Lehrer gerade gesagt hat.«

»Ja, weil ich nicht aufgepasst hatte. Aber du hast ihm erzählt, ich sei schwerhörig.«

»Ich dachte, dann kriegst du mildernde Umstände und musst den Aufsatz nicht schreiben.«

»Musste ich aber trotzdem! Und wegen meiner *Schwerhörigkeit* muss ich jetzt bei ihm in der ersten Reihe sitzen. Danke, Luna!«

»Hey, ich hatte es nur gut gemeint«, verteidigte ich mich.

Paul verdrehte die Augen und seufzte.

»Wir sollten heute einen Ausflug machen zum Birkengrund«, wechselte mein Vater das Thema. »Das ist ein Naturschutzgebiet am Stadtrand, das die Stadtverwaltung in Bauland umgewandelt hat, und nun soll dort gebaut werden.

Und zwar Büros. Sie nennen es sogar Büro*park*, obwohl dort nach der Bebauung nichts Grünes mehr zu sehen sein wird. Glaubt man das? Ein unerhörter Skandal! Ich will mich mal vor Ort umsehen und ein paar Leute interviewen. Auf jeden Fall werde ich einen Artikel darüber schreiben.«

Dass seine Artikel selten veröffentlicht wurden, hielt ihn nicht davon ab, sie zu schreiben. Mein Vater arbeitete als freier Journalist – notgedrungen, denn die Zeitung, bei der er angestellt war, gab es nicht mehr. Seitdem war er zu Hause, kümmerte sich um den Haushalt und um Paul und mich. Was gut war, denn meine Mutter arbeitete ganztags für ein Maklerbüro, manchmal auch abends und am Wochenende, wenn sie Häuser und Wohnungen zeigen musste.

»Kann Pia mitkommen?«, fragte ich.

»Natürlich«, nickte mein Vater.

»Aber will sie denn nicht vielleicht etwas mit ihrer Mam unternehmen?«, fragte meine Mutter.

»Die ist nicht zu Hause, sie muss heute für eine Kollegin einspringen.«

Meine beste Freundin Pia Bernhardt wohnt nur zwei Häuser weiter, zusammen mit ihrer Mutter, die als Rezeptionistin in einem Hotel arbeitet. Pias Eltern hatten sich scheiden lassen, als Pia sieben Jahre alt war. Ihr Vater war ausgezogen, Pia und ihre Mutter sind in dem kleinen Reihenhaus geblieben. Pia ist mehr oder weniger den ganzen Tag allein, weil ihre Mam ziemlich viel arbeiten muss. Deshalb ist Pia oft bei uns, aber seit Neuestem gehe ich lieber rüber zu Pia, weil sich herausgestellt hat, dass ein erwachsenenfreies Haus durchaus seine Vorteile hat.

»Gut, dann frag sie, ob sie mitkommen will«, sagte meine Mutter.

Ich stand auf.

»Nicht jetzt. Wir frühstücken noch.«

»Ja, ihr. Aber ich bin schon fertig.«

»Luna …«

»Und es gibt doch keinen Grund, dass ich euch beim Kauen zusehe, oder?«

Meine Mutter sah meinen Vater an, der zuckte mit den Schultern.

»Okay«, seufzte sie.

Ich ging zur Terrassentür, meine Mutter stoppte mich.

»Keine Abkürzung! Ich will nicht schon wieder Ärger mit Frau Berghof bekommen.«

»Genau genommen ist es auch keine Abkürzung«, sagte Paul, immer noch kauend. »Der Weg vor den Häusern ist sogar noch etwas kürzer als der durch den Garten, weil Luna sich ja immer ganz hinten im Garten durchschleichen muss.«

So ein Besserwisser! Ich warf meiner Mutter einen fragenden Blick zu, doch die machte eine eindeutige Bewegung mit dem Kopf Richtung Haustür. Ich fügte mich.

Im Reihenhaus zwischen Pia und mir wohnt Amalia Berghof, eine ältere verwitwete Dame, grantig und bärbeißig, und sie mag keine Kinder. Pia und ich kürzen ganz gern durch Frau Berghofs Garten ab, wenn wir uns besuchen wollen, worüber sie sich immer super aufregt. Kann ich gar nicht verstehen, es nutzt ja wohl ihren Rasen nicht ab, wenn Pia und ich da gelegentlich drüberlaufen. Und wir sind auch immer ganz vorsichtig, wenn wir uns zwischen den Büschen durchzwängen, die sie vor einiger Zeit als Grenze und Hindernis angepflanzt hat. Frau Berghof hat einen relativ großen und auch tiefen Teich ganz hinten in ihrem Garten, mit Fröschen, Libellen und einem kleinen Steg. Pias und mein Lieblingsplatz. Der Teich ist von Schilf eingerahmt und sehr idyllisch. Wenn Frau Berghof nicht zu Hause ist, sitzen Pia und ich immer gemütlich auf dem Steg, picknicken und schmieden Pläne. Auf unseren Handys haben wir eine To-do-Liste angelegt mit Dingen, die wir dringend verbessern oder ändern müssen. Das reicht von Weltfrieden über Spielstraßen in Wohnvierteln, kostenloser Gummibärenausgabe am Schulkiosk, Hausaufgaben noch am selben Tag machen, bis hin zur Frisur von Frau Schneider, unserer Mathelehrerin, die sich mit ihrem streng geflochtenen langen Zopf keinen Gefallen tut. Sie ist auf der Suche nach einem Ehemann und so wird das nie was! Ein weiterer wichtiger Punkt auf unserer Liste ist, später mal so einen Teich anzulegen und ihn für alle Kinder zugänglich zu machen.

Als Pia die Haustür öffnete, wunderte sie sich. »Wieso kommst du nicht durch den Garten? Frau Berghof ist in der Kirche, vor zwölf wird sie nicht zurück sein«, sagte sie.

Wir kannten Frau Berghofs Tagesablauf sehr genau.

Mussten wir, um so wenig Ärger wie möglich mit ihr zu bekommen.

»Ich weiß, aber meine Mutter …«

»Schon klar. Wollen wir zum Teich?«

»Sicher.«

Als wir auf dem Steg saßen, zogen wir die Schuhe aus, krempelten die Hosenbeine hoch und ließen unsere Füße ins Wasser baumeln.

»Eigentlich echt gemein, dass sie deiner Mutter ständig Wochenenddienste aufs Auge drücken. Dann hat sie ja nie Zeit für dich.«

Pia seufzte und nickte.

»Das sollten wir unbedingt auf unsere To-do-Liste schreiben«, schlug ich vor.

»Hast du dein Handy dabei?«, fragte Pia.

»Nein. Meine Mutter hat es einkassiert, weil ich beim Frühstück gewhatsAppt habe. Ich krieg es in einer Stunde wieder.«

»Ich hol schnell meins.«

Während ich auf Pias Rückkehr wartete, versuchte ich, einen der kleinen Frösche zu fangen.

Da hörte ich etwas. Ich spähte durch das Schilf und erschrak. Frau Berghof war zurück! Sie stand auf der Terrasse und goss ihre Topfpflanzen. Dann sah sie zum Teich, verließ die Terrasse und spazierte in meine Richtung.

Ohne nachzudenken ließ ich mich ins Wasser gleiten und tauchte unter. Das war natürlich keine gute Idee, denn ich konnte maximal eine Minute lang den Atem anhalten. Verflixt!

Vorsichtig tauchte ich wieder auf, um Luft zu holen.

Da hörte ich, wie Pia nach Frau Berghof rief: »Meine Mutter lässt fragen, was das Geheimnis Ihrer Blumen ist. Die blühen immer so schön.«

»Wasser«, sagte Frau Berghof kurz angebunden.

»Ah, das ist ja interessant, ich werde es ihr ausrichten.«

Auf Pia ist hundertprozentig Verlass. Nun musste ich die Zeit, die sie mir verschafft hatte, nutzen.

»Ist die Kirche heute ausgefallen?«

»Was geht dich das an?«

So leise wie möglich kletterte ich aus dem Teich, schnappte meine und Pias Schuhe und schlüpfte durch die Büsche auf unser Grundstück.

Patschnass kehrte ich durch die Terrassentür wieder in unser Haus zurück.

Meine Familie saß noch beim Frühstück. Als sie mich sahen, schüttelte mein Bruder ungläubig den Kopf und mein Vater grinste. Nur meine Mutter war erschrocken.

»Luna! Was ist passiert?«

»Lange Geschichte. Ich glaube nicht, dass du sie hören willst.«

Sie stöhnte und fragte nur: »Hat Frau Berghof dich erwischt?«

»Nein.«

Meine Mutter atmete auf. »Gut. Dann steh jetzt nicht

länger hier rum, du tropfst ja den ganzen Boden nass. Geh duschen und zieh dir trockene Sachen an.«

Paul deutete mit dem Löffel auf meinen Kopf. »In deinen Haaren, hinter deinem linken Ohr, hat sich ein kleiner Frosch verfangen. Du solltest ihn wieder freilassen.«

»Paul! – Es sind nur Algen, Luna«, beruhigte mich meine Mutter.

Kapitel zwei

Als Pia und ich am nächsten Tag mittags die Schule verließen, gingen wir an Frau Schneider vorbei, die am Eingang zum Parkplatz stand. Sie schien auf jemanden zu warten. Sie strich sich übers Haar und zupfte ihre Kleidung zurecht.

»Hey, stopp mal«, flüsterte ich Pia zu. »Ich will wissen, auf wen sie wartet.«

Pia antwortete nicht, aber sie war brav neben mir stehen geblieben. Sie starrte vor sich hin, statt Frau Schneider im Auge zu behalten.

Als Herr Jensen, der neue Sportlehrer, kam, straffte Frau Schneider die Schultern und sah zu ihm hinüber. Sie lächelte ihn vorsichtig an.

Aha! Unser neuer Sportlehrer gefiel ihr also. Doch er ging achtlos an ihr vorbei. Wahrscheinlich hatte er sie gar nicht bemerkt. Frau Schneider hatte etwas Unsichtbares an sich, man nahm sie einfach nicht wahr. Sie konnte sich zu jeder Gruppe Schüler stellen und zuhören, was so gesprochen wurde, ohne dass sie auffiel. War vielleicht ein Vorteil, aber nicht, wenn sie einen Mann beeindrucken wollte.

Sie lief hinter Herrn Jensen her, sprach ihn an und hielt ihm einen Zettel entgegen. »Hier ist der Vertretungsplan. Für Markus. Er war heute nicht im Lehrerzimmer, als die verteilt wurden. Da dachte ich … kannst du ihm den Zettel geben?«

Jensen blieb überrascht stehen, was für meine Theorie sprach, dass er sie vorher übersehen hatte. »Mach ich«, sagte er, nahm den Zettel und grinste. »Oder willst du auf ihn warten und es ihm selbst geben?«

»Nein!« Sie wurde etwas rot.

»Na gut«, meinte er und ging weiter.

Also kannten sich die beiden, duzten sich und die Schneider hatte einen Vorwand gesucht, um mit ihm ins Gespräch zu kommen. Eindeutig: Sie fand ihn gut.

Jensen ging zu seinem Wagen, Frau Schneider blieb etwas entfernt stehen und beobachtete ihn. Er wartete an seinem Auto, bis Markus Bolte kam, ein Mathe- und Physiklehrer, die beiden hingen immer zusammen rum. Merkwürdige Vorstellung, dass Lehrer auch miteinander befreundet sein konnten und zusammen in ihrer Freizeit was unternahmen. Die zwei begrüßten sich kumpelhaft, Jensen gab Bolte den Zettel von der Schneider, Bolte blickte sich um, die Schneider ging in Deckung, dann stiegen die beiden Lehrer ins Auto. Frau Schneider sah ihnen hinterher, als sie vom Parkplatz fuhren, und schien zu seufzen. Dann lief sie ebenfalls zu ihrem Wagen.

Ich nickte Pia zu. »Wir können gehen. Sie ist in den Jensen verknallt.«

Wir machten uns auf den Heimweg, liefen nebeneinanderher. Pia war ungewöhnlich schweigsam, was mir erst nach einer Weile auffiel, weil ich die Angewohnheit habe, ununterbrochen zu reden. Zumindest behauptet das meine Mutter immer.

»Die Schneider muss echt was an ihrer Optik machen. Sie ist total die graue Maus. Der Jensen hat sie völlig übersehen. Und er sieht ziemlich gut aus, da muss sie sich anstrengen. Eigentlich braucht sie ein komplettes Make-over. Mit der Frisur sollten wir anfangen. Aber wir können ja schlecht zu ihr hingehen und es ihr sagen. Wir müssen uns was anderes einfallen lassen.«

Pia sagte nichts. Gut, musste sie auch nicht, ich hatte ja keine Frage gestellt.

»Was hältst du davon, wenn wir ein paar Fotos aus Zeitschriften ausschneiden? Mit schicken Kurzhaarschnitten. Und sie in ihr Fach legen lassen?«

»Okay.«

»In einem neutralen Umschlag. Dann wäre es sozusagen anonym.«

»Von mir aus.«

»Das ist Phase eins. Danach machen wir weiter mit ihrer Kleidung. Da hat sie auch kein Händchen für. Meine Oma ist schicker gekleidet als sie.«

Pia schien nicht so ganz bei der Sache zu sein. Sie nickte geistesabwesend.

Ich schaute sie von der Seite an und sagte: »Außerdem

sollten wir die Frösche in Frau Berghofs Teich mal neu streichen. Die alte Farbe blättert schon ab.«

Pia nickte wieder. »Wenn du meinst.«

Aha. Sie hörte mir gar nicht zu. Ich drehte mich zu ihr und blieb stehen. »Was ist los?«

»Nichts.«

Doch Pia war nicht stehen geblieben, sondern einfach weitergegangen. Damit hatte ich nicht gerechnet und daher stand ich etwas dumm in der Gegend rum und blickte erst mal ins Leere, bis in meinem Hirn die Information angekommen war, dass Pia mir nicht gegenüberstand. Ich drehte meinen Kopf und sah sie bereits um die Ecke biegen.

»Pia!«

Als ich sie eingeholt hatte, wollte ich das mit dem Zum-Reden-stehen-Bleiben noch einmal versuchen, diesmal aber mit Ansage. Doch Pia wollte weder stehen bleiben noch reden.

Ich lief neben ihr her und hatte das Gefühl, dass sie das Tempo erhöhte. Wollte sie mich abhängen? Keine Chance, ich konnte mithalten. War sie sauer auf mich? Das sollte ich besser gleich mal klären.

»Hab ich was falsch gemacht?«

»Nein.«

»Hast du was falsch gemacht?«

»Nein.«

»Pia, du weißt, dass ich dich so lange fragen werde, bis

du mir erzählst, was los ist. Erspar uns beiden doch mein Generve und sag, worum es geht.«

»Nein.«

Okay, ich musste also raten. Die übliche Prozedur, wenn ich herausbekommen wollte, was in Pia vorging. »Also, nur um das mal vorneweg zu klären: Du bist doch sauer, oder?«

Sie zögerte kurz und meinte: »Nein.«

»Ärgerlich?«

Sie schüttelte den Kopf.

»Traurig?«

Sie zuckte mit den Schultern.

Aha. Traurig.

An der Stelle würde man normalerweise fragen: Wieso? Und man bekäme eine Antwort. Nicht bei Pia. Und sie war nicht die Einzige. Es gibt eine Menge Leute, die nicht in der Lage sind, einfach geradeheraus zu sagen, was für ein Problem sie haben. Sie weichen aus, murmeln so was wie: Lass nur, es geht schon. Und schmollen weiter vor sich hin. Damit komm ich nicht zurecht, ich will, dass alle Leute gute Laune haben, dass es ihnen gut geht, und ich leiste gern meinen Beitrag dazu und bemühe mich, ihnen zu helfen. Und in solchen Fällen ist dann echte Detektivarbeit angesagt, bis ich herausgefunden habe, was ihr Problem ist. Aber das schreckt mich nicht ab. Im Gegenteil!

»Hat es was mit der Schule zu tun?«

Schulterzucken. Das bedeutet bei Pia: ja. Also, was war vorgefallen? Nichts!

Seit wann war sie so merkwürdig? In der letzten Stunde hatte es angefangen. Bio. Hm. Wir hatten im Rahmen des Biologieunterrichts das Thema Abstammungslehre. Gregor Mendel. Vererbung, Gene und so. Um uns mehr für die Abstammungslehre zu begeistern, hatte Frau Kamprath, unsere Biolehrerin, das Thema dann auf unsere eigene Familie ausgeweitet. Wir hatten etwas Ahnenforschung betrieben, Stammbäume erstellt, Merkmale wie Haar- und Augenfarbe ermittelt und überprüft, was rezessiv und was dominant ist. Eigentlich ganz lustig.

Heute hatte Frau Kamprath uns mitgeteilt, dass wir in vier Wochen eine kleine Ausstellung veranstalten, dazu sollten wir unsere Großeltern einladen.

»Hat es was mit dem Großelterntag zu tun?«

Schweigen – ein ganz deutliches Ja.

»Was ist damit? Ist doch eine gute Idee.«

Nun blieb sie stehen und sah mich an. »Ich hab keine Großeltern mehr!«

Ach verflixt. Daran hatte ich gar nicht gedacht. Oh Mann! Arme Pia.

»Ich kann dir ein Paar Großeltern leihen, ich hab zwei. Willst du lieber die Eltern von meiner Mutter oder die von meinem Vater?«

Pia sah mich groß an. »Was ist denn das für eine Idee? Jeder kennt deine Großeltern, die sind bei allen Schulveranstaltungen dabei.«

Ja, ich musste zugeben, der Plan hatte Lücken.

Sie seufzte. »Ich bin bestimmt die Einzige ohne Großeltern.«

»Aber da kannst du doch nichts dafür!«

»Das weiß ich selbst.«

»Außerdem hat Frau Kamprath gesagt, dass wir, wenn unsere Großeltern nicht kommen können, auch unsere Eltern mitbringen dürfen.«

»Ja toll. Ich hab nur meine Mutter und die muss arbeiten. Es ist doch unter der Woche.«

Nun seufzte ich. Und verstand Pia. Das konnte einem wirklich die Laune verderben.

»Ich lass mir was einfallen, Pia. Versprochen.«

»Was willst du dir da einfallen lassen? Da kann man nichts machen. Ist halt so.«

»Bitte? Na hör mal! Man kann *immer* was machen.« Mein Kampfgeist war geweckt. »Keine Sorge, alles wird gut, Pia! Ich werde dein Problem lösen!«

Sie klang fast ein wenig panisch, als sie sagte: »Schon in Ordnung, Luna. Lass mal.«

»Also ich bitte dich, wofür sind Freundinnen da? Du kannst auf meine Hilfe zählen.«

Kapitel drei

Mein Vater hatte für Paul und mich Mittagessen gekocht, und ich muss sagen, es wird immer besser.

Als mein Vater damals seinen Job verloren hatte, fing meine Mutter an, in dem Maklerbüro, in dem sie bis dahin von Zeit zu Zeit ausgeholfen hatte, ganztags zu arbeiten, und mein Vater hatte die Aufgabe, sich um den Haushalt und um die Kinder zu kümmern. Dass zum Kümmern auch gehörte, dass er für Paul und mich kochen musste, war ihm zunächst nicht klar. Und da er einer von den Menschen ist, die keine regelmäßigen Mahlzeiten brauchen, hatte ihn auch nicht sein eigener knurrender Magen daran erinnert, dass Kinder, wenn sie aus der Schule kommen, ganz gerne etwas essen würden.

Anfangs hatte das zur Folge, dass wenn wir aus der Schule kamen und fragten: »Was gibt's zu essen?«, mein Vater immer diesen panischen Gesichtsausdruck bekam, und während er rot wurde sagte: »Ich dachte, wir holen uns was bei *Hühner Hugo*.« Ein Imbiss, der sich, wie der Name schon sagte, auf Huhn spezialisiert hatte.

Das ging so lange, bis Paul sich beschwerte: »Ich glaube, vom vielen Huhnessen wachsen mir langsam Federn und Luna gackert beim Lachen schon ganz hühnerig.«

Mein Vater verstand den Wink mit dem Zaunpfahl und versprach, von nun an selbst zu kochen.

Anfangs bestand unsere Ernährung hauptsächlich aus Suppen. Er hatte gelernt, wie man einen Dosenöffner benutzte, war dann zu Tütensuppen übergegangen, inzwischen waren wir bei Tiefkühlkost angekommen, was wirklich ein enormer Fortschritt war. Und mittlerweile hielt er sich auch an die Auftauzeiten und wir mussten nicht mehr beim Essen auf kleinen Eisstückchen herumkauen. Heute war es sogar hart an der Grenze zu *perfekt*.

Als wir mit dem Essen fertig waren, lobte Paul ihn dafür.

»Und wie ist es mit dir, Luna?«, erkundigte sich mein Vater.

Ich war etwas abgelenkt, denn ich dachte über den Großelterntag nach. Hoffentlich hatte ich mich nicht übernommen mit dem Versprechen, Pias Problem zu lösen. Ich hatte nämlich null Ahnung, was ich tun konnte. Aber ich hatte ja fast vier Wochen Zeit. Mir würde schon noch etwas Geniales einfallen.

»Alles klar«, sagte ich.

»*Alles klar* oder hat es dir geschmeckt?«

»Oh, ach so. Ja, das Essen war echt lecker. Und warm.«

»Alles okay?«, fragte er nach. »Du warst so still heute beim Essen.«

»Und dafür sind wir dir sehr dankbar«, rief Paul.

»Ich hab dich auch lieb«, antwortete ich ihm ironisch.

»Ärger in der Schule?«, fragte mein Vater nach.

»Hast du wieder jemandem *geholfen?*«, grinste mein Bruder.

»Nein, aber ich bin dabei, genau das zu tun.«

»Worum geht's?«, fragte mein Vater.

Sollte ich Pias Dilemma erwähnen? Da fiel mir Frau Schneider ein. Bestimmt könnte ich ein paar Tipps von meinem Vater bekommen. Denn ich war noch nie verliebt, also kannte ich mich auf diesem Gebiet nicht wirklich gut aus. Was müsste Frau Schneider tun, damit sich Herr Jensen in sie verliebt? Denn vielleicht war es nicht damit getan, dass wir die Raupe in einen Schmetterling verwandelten.

Ich wandte mich an meinen Vater. »Ich hab da mal ein paar Fragen zum Thema Liebe.«

»Und tschüss!«, sagte Paul, schob seinen Stuhl zurück und stand auf. »Das wäre dann mein Stichwort, um aufzustehen und das Weite zu suchen«, kommentierte er noch und verschwand.

Mein Vater sah mich etwas hilflos an. »Willst du nicht lieber bis heute Abend warten und dieses Gespräch mit deiner Mutter führen?«

»Nein, du bist besser geeignet.«

»Oh nein, ganz sicher nicht.«

»Oh doch. Ganz sicher! Was muss man tun, wenn man einem Mann gefallen will?«

Er quiekte panisch: »Bist du verliebt?!«

»Nein. Es geht um alte Leute.«

»Alte Leute?«

»Ja, die verlieben sich doch auch noch, oder?«

»Ähm. Ja. Über welches Alter reden wir?«

Ich versuchte, Frau Schneiders Alter zu schätzen.

»So dreißig?«

Mein Vater schluckte. »Also dreißig ist nicht alt.«

»Egal. Was müsste eine ältere Frau tun, damit sie dir auffällt und du dich in sie verliebst?«

»Sie sollte gar nichts tun. Ich bin sehr glücklich mit deiner Mutter!«

»Ach, Paps! Du verstehst nicht! Es geht um Frau Schneider.«

»Deine Mathelehrerin?«

»Ja. Sie ist in unseren Sportlehrer verknallt, aber der übersieht sie.«

»Was hast *du* denn damit zu tun?«

»Ich will ihr helfen.«

»Hat sie dich um Hilfe gebeten?«

»Nicht so direkt. Eher indirekt.«

»Was soll ich mir unter *indirekt* vorstellen?«

»Na ja, irgendwann mal hat sie gesagt, dass sie sehr gern Kinder hätte, aber der passende Mann dafür noch fehlt. Also ist doch klar, dass sie auf der Suche ist.«

»So was bespricht eure Mathelehrerin mit euch im Unterricht?«

»Nein. Das war auf dem Klassenausflug. Wir haben sie gefragt, ob sie auch Kinder hat. Und da hat sie das gesagt.«

»Luna, vielleicht sollte man manchmal einfach den Dingen ihren Lauf lassen.«

Ich überlegte eine Weile. Dann sagte ich: »Nein, ich denke nicht. Mir fällt kein Beispiel ein, wo das zum Erfolg geführt hätte. Man muss immer etwas nachhelfen.«

»Aber du kannst dich doch nicht in das Privatleben deiner Lehrerin einmischen. Ich denke nicht, dass sie das gut findet.«

»Sie wird es gar nicht mitkriegen. Ich werde ein unsichtbarer Amor sein.«

Mein Vater unterdrückte einen Seufzer.

»Also, mit welchen Tricks erobert Frau Schneider den Mann ihrer Träume?«

»Tricks funktionieren in der Liebe nicht, Luna. Entweder verliebt man sich oder nicht.«

»Schon klar, aber erst mal muss man dafür sorgen, dass man demjenigen, den man gut findet, auffällt. Also positiv auffällt. Was müsste eine Frau tun, damit sie dir auffällt?«

Diesmal unterdrückte er den Seufzer nicht. Er seufzte laut und deutlich.

»Also?«, fragte ich und gab ihm zu verstehen, dass er nicht davonkommen würde.

Er gab nach. »Ist sie denn nett? Sieht sie gut aus?«

»Nett ist sie, an dem Gut-Aussehen arbeite ich noch.«

»Vielleicht haben sie gemeinsame Interessen …«, überlegte er. Dann schüttelte er den Kopf. »Luna, bei aller Liebe, aber ich will damit nichts zu tun haben. Und du solltest dich da auch raushalten. Das kann nur schiefgehen.«

Der Meinung war ich nicht, aber ich ließ ihn vom Haken und sagte: »Okay.«

Er war so erleichtert, dass er sogar vergaß, dass ich heute mit Tischabräumen dran war, und mich in mein Zimmer schickte, um Hausaufgaben zu machen.

Vielleicht hatte er es auch nicht vergessen, sondern wollte mich nur schnell loswerden. Egal.

Anstatt Hausaufgaben zu machen, dachte ich über Pias Problem nach. Es war aber eigentlich auch irgendwie unfair: Pia war Einzelkind, lebte allein mit ihrer Mutter, die den ganzen Tag arbeiten musste, hatte keinen Kontakt mehr zu ihrem Vater und keine Großeltern. Kein Wunder, dass Pia traurig war. Fast war es mir etwas unangenehm, dass ich eine perfekte Happy Family hatte. Mit Großeltern und allem Drum und Dran. Ich seufzte.

Ich musste dringend auf eine gute Idee kommen, um Pia zu helfen. Schade, dass jeder meine Großeltern kannte, das wäre eine so einfache Lösung gewesen. Und die Eltern meines Vaters hätten bestimmt auch mitgemacht. Moment mal! Wir müssten doch einfach nur dafür sorgen, dass man sie nicht erkannte. Jawohl!

Ich rief meine Oma an und erzählte ihr von meinem Plan.

»Schätzchen, es ist sehr nobel von dir, dass du Pia helfen willst. Aber Opa und ich können uns doch nicht verkleiden und eine Rolle spielen, wir sind keine Schauspieler, das kriegen wir nicht hin. Und außerdem möchten wir wirklich lieber als deine Großeltern da hingehen.«

Ich versuchte auch nicht weiter, sie zu überreden, denn meine Oma war eine Frau, die freundlich lächelnd bei ihrer einmal gefassten Meinung blieb, egal wie viel man argumentierte. Wir plauderten noch eine Weile, dann legte ich auf.

Aber ich war weit davon entfernt, aufzugeben. Denn eins war klar: Pia sollte an diesem Tag Großeltern vorweisen können. Und sie sollten ihr irgendwie ähnlich sehen, von wegen Vererbung und so.

Ich lief in meinem Zimmer auf und ab, denn beim Laufen kann ich besser denken.

Dann hatte ich eine Idee. Ich durchsuchte mein Handy nach ein paar Fotos von Pia. Sehr gut. Eigentlich war ich mit Pia verabredet, aber das musste ich jetzt erst mal allein angehen, ich wollte ihr keine falschen Hoffnungen machen, bevor ich nicht sicher war, dass mein Plan funktionieren würde.

Ich whatsAppte ihr kurz, dass ich ein klein wenig später kommen würde, und machte mich auf den Weg.

Kapitel vier

An der Rezeption des städtischen Altersheims zeigte ich der Dame ein Foto von Pia und sagte sehr höflich und freundlich: »Ich möchte gern zwei ältere Paare ausleihen, die diesem Mädchen ähnlich sehen. Am besten ehemalige Schauspieler.«

»Und ich möchte dich bitten zu gehen.«

»Wohin?«

»Raus.«

»Wie jetzt? Aber Sie wissen doch noch gar nicht, worum es geht.«

»Wir leihen grundsätzlich keine Leute aus. Egal worum es geht.«

Dann trat sie vom Tresen zurück, setzte sich an ihren PC und tippte irgendetwas ein.

»Suchen Sie jetzt nach Heimbewohnern, die infrage kommen, oder schreiben Sie einen Beschwerdebrief an meine Eltern?«, fragte ich.

Sie sah kurz auf. »Wenn du mir deinen Namen und deine Adresse sagst, werde ich genau das tun.«

Ich sah sie fragend an. Was denn nun?

»Einen Brief an deine Eltern schreiben«, klärte sie mich auf.

»Würde das etwas helfen? Also, wenn meine Eltern ihr Einverständnis geben würden?«

Die Dame sah mich scharf an und zischte: »Geh jetzt, bevor ich wirklich ärgerlich werde.«

Ich zog die Augenbrauen zusammen. Was hatte sie denn? Nun machte sie auch noch eine wegscheuchende Handbewegung.

Na gut, dann ging ich eben wieder. Das hatte ich mir anders vorgestellt. Und nun? Egal. Dann würde ich auf freier Wildbahn nach möglichen Großeltern für Pia Ausschau halten müssen. Vielleicht wartete ich einfach vor dem Heim. Die alten Leute gingen ja hier ein und aus.

Draußen nahm ich Aufstellung, mein Handy mit Pias Foto in der Hand, damit ich gleich überprüfen konnte, welches Ehepaar Pia am ähnlichsten sah. Erfreut stellte ich fest, dass es mit der Haarfarbe keine Probleme geben würde, die meisten hatten graue Haare. Das war total praktisch, dann musste nur die Augenfarbe stimmen. Das würde meine Trefferquote erhöhen. Allerdings konnte ich die Augenfarbe nur überprüfen, wenn ich die Leute ansprach. Doch diesmal wollte ich es etwas geschickter anstellen. Der direkte Weg, den ich eben bei der Dame am Empfang gewählt hatte, hatte sie nur verwirrt und verärgert. Ich musste etwas dezenter vorgehen. Was mir dann auffiel, war, dass es gar nicht so viele

Paare im Großelternalter gab. Also genau genommen sah ich kein einziges Paar. Es gab jede Menge ältere Damen und ein paar vereinzelte Männer. Hm. Es würde sehr schwierig werden, Pia ein Großelternpaar zu präsentieren. Vielleicht würde sie ja auch nur mit einer Großmutter vorliebnehmen. Ja, das müsste genügen.

Mein Plan sah vor, dass ich mir eine Frau ausgucken wollte und einen Weg finden würde, mit ihr ins Gespräch zu kommen. Erst wenn sie Vertrauen zu mir gefasst hatte, würde ich ihr sagen, worum es ging.

Die ersten drei Damen gingen an mir vorbei, ich zögerte zu lange, denn ich hatte noch keine Ahnung, wie ich sie ansprechen sollte. Die nächste, die rauskam, war langsamer, das lag auch daran, dass sie einen Rollator hatte. Sehr gut, sie würde mir nicht so schnell weglaufen können.

Ich ging zu ihr und lächelte. Sie nahm mich gar nicht wahr und rollte weiter.

»Autsch!«, jaulte ich und trat einen Schritt zurück. Sie war mir mit ihrem Rollator über den Fuß gefahren.

Erstaunt blieb sie stehen und sah mich an. »Hast du was gesagt?«, fragte sie und hielt sich die Hand hinter ihr Ohr.

»Nein, also eigentlich …«

»Du musst lauter reden, ich höre sehr schlecht.«

»Schon okay«, sagte ich, so laut ich konnte.

»Ja, das Wetter ist gut.«

Ich strich sie von der Liste der möglichen Kandidaten. Bis ich ihr erklärt hätte, worum es ging, wäre ich heiser.

»Schönen Tag noch!«, brüllte ich.

»Bitte?«

Ich ging wieder näher ran und wiederholte, was ich eben gesagt hatte.

Sie schüttelte den Kopf und meinte: »Dafür hab ich keine Zeit« und rollte weiter. Dabei fuhr sie mir nun noch einmal über den Fuß. War aber meine Schuld, ich hätte es wissen müssen und Abstand halten sollen.

Verschwendete Zeit, zu dumm, denn nun war mir eine Frau durch die Lappen gegangen, die, soweit ich das von hinten beurteilen konnte, ganz fit und gut zu Fuß war. Sie hatte schon die Straße überquert und ging Richtung Park. Ich lief hinter ihr her. Aber jemanden von hinten anzusprechen war vielleicht auch ungeschickt. Hm. Wenn ich einen großen Bogen laufen würde, könnte ich sie überholen, dann umdrehen und ihr entgegenlaufen. Ja und dann?

Hey, gar nicht so einfach. Wie kommt man mit jemandem ins Gespräch, ohne ihn zu verschrecken? Ich hielt nach einer Abzweigung Ausschau, da fiel mir auf, dass sie auf jeden Hund reagierte, dem sie begegnete. Sie sprach erst den Hund an und fing dann an, mit den Besitzern zu plaudern.

Perfekt. Das war's! Ich brauchte einen Hund, dann würde sie mich ansprechen.

Wo bekam ich auf die Schnelle einen Hund her? Meine Abzweigung war direkt vor mir, die ältere Dame blieb auf dem Hauptweg. Ich sauste, so schnell ich konnte, den Weg entlang, bis er wieder auf den Spazierweg stieß. Sehr gut!

Ich hatte nun einen erheblichen Vorsprung, das lag aber vor allem daran, dass sie wirklich jeden Hund anquatschte und streichelte.

Etwas weiter entfernt saß eine Frau auf einer Bank und neben ihr thronte ein Mops. Auch auf der Bank. Ich strahlte. Hier war meine Lösung. Über kurz oder lang würde meine Wunsch-Omi an der Bank vorbeilaufen. Es blieb mir also etwas Zeit, meinen genialen Plan vorzubereiten. Ich ging zu der Bank, setzte mich neben die Mops-Frau und lächelte sie an.

»Hallo«, sagte ich. »Süßer Hund.«

Keine Reaktion. Sie gehörte wohl nicht zu der gesprächigen Sorte. Egal. Ich lächelte noch breiter und fragte: »Wie heißt er denn?«

»Napoleon.«

»Ach was!«, entfuhr es mir. Das war doch kein Hundename! Und wie rief sie ihn denn, wenn er mal weglief? Bis sie Na-po-le-on gerufen hatte, war der doch über alle Berge. Aber hey, das war ihr Problem.

»Soll ich Ihren Hund ausführen?«

»Wieso denn das? Das tue ich gerade.«

»Nein, sie sitzen auf der Bank. Und Ihr Hund sitzt daneben.«

»Und was willst du damit sagen?«

»Na ja, vielleicht will er ja spazieren gehen. Ich könnte das übernehmen. Sie bleiben gemütlich sitzen und ich lauf eine kleine Runde mit ihm.«

»Ich sitze wegen ihm hier, weil ihm die Puste ausgegangen ist.«

»Ich könnte ihn ja auch spazieren tragen«, bot ich an. »Dann erlebt er was und muss nicht selbst laufen.«

Sie sah mich richtig böse an, stand auf, klemmte ihren Mops unter den Arm und ging.

Hey, was hatte die denn!? Ich wollte doch bloß helfen!

Nun näherte sich langsam Pias künftige Oma. Was machte ich denn jetzt? Als ich sie von vorn sah, beglückwünschte ich mich zu meiner Wahl. Sie wirkte ganz und gar nicht senil und sah Pia sogar etwas ähnlich. Ich durfte sie nicht entkommen lassen!

Schnell stand ich auf und sprach sie an.

»Entschuldigen Sie«, begann ich und dann wusste ich nicht weiter. Ich sollte etwas Hundemäßiges sagen. Aber was? Na klar, lag doch auf der Hand: »Haben Sie meinen Hund gesehen?«, fragte ich.

»Ist er weggelaufen?«

»Ja.«

»Wo?«

»Hier.«

»Gerade eben?«

»Ja.«

»In welche Richtung?«

Ich beschrieb mit der Hand einen vagen Bogen.

Sie sah sich um, auf einer Wiese tollten ein paar Hunde umher.

»Wie sieht er denn aus?«

»Klein.« Das schien ihr nicht genug, sie sah mich weiterhin fragend an. Ich fuhr fort: »So mit Fell … schlammbraun.«

Sie war immer noch nicht zufrieden. »Welche Rasse?«

Mit meinen Hundekenntnissen war es nicht weit her. Ich erkannte einen Schäferhund, einen Dackel und einen Mops. Das war's.

»So 'ne Mischung aus verschiedenen Sorten.«

Sie sah mich etwas irritiert an, blickte sich aber weiter um. Dann entdeckte sie die Frau, neben der ich gerade auf der Bank gesessen hatte. Sie deutete auf sie. »Da vorne trägt eine Frau einen Hund weg. Ist das dein Hund?«

»Nein, das ist Napoleon.«

»Ach? Du kennst den Hund?«

»Ja, mein Kleiner ist mit ihm befreundet.« Hunde sind doch miteinander befreundet, oder? Ich hatte keine Ahnung von Hundebeziehungen.

Nun wandte sie ihren Blick wieder den Hunden auf der Wiese zu.

»Hast du schon nach ihm gerufen?«

»Ähm, ja, nein, also nicht so richtig.«

»Wie heißt er denn?«

»Fluffy.«

»Fluffy?«

»Ja, wegen des Fells. Es ist fluffig.«

»Aha«, machte sie und rief in die Gegend: »Fluffy!«

Das brachte jetzt irgendwie gar nichts. Dummerweise hatte ich das nicht bis zu Ende durchdacht. Wir mussten von dem Hundethema auf was Allgemeines kommen und dann zu meinem eigentlichen Anliegen.

»Ach, ist ja nicht so wichtig«, meinte ich und wollte das Thema wechseln.

»Nicht so wichtig?«, fiel sie mir ins Wort. »Na hör mal! Machst du dir denn keine Sorgen um deinen Hund?«

Ich wusste, wie die richtige Antwort lauten musste: Es sollte klar werden, dass ich in höchster Aufregung war. Dennoch sagte ich: »Nein.«

Sie trat verblüfft einen Schritt zurück. »Magst du deinen Hund nicht?«

»Doch. Aber er kennt sich hier echt gut aus. Und wenn es ihm zu langweilig wird, läuft er einfach wieder nach Hause.«

»Dann ruf besser mal an und frag nach.«

»Mein Hund hat doch kein Handy.«

»Ich meinte ja auch deine Eltern.«

»Ach so! Klar.«

Sie stand abwartend da. Ich zog mein Handy raus, tat so, als würde ich eine Nummer eintippen und führte ein imaginäres Gespräch. »Hi, ich bin's. Ist Floppy zu Hause?«

»Floppy? Ich denke, er heißt Fluffy!«, redete sie mir in mein vorgetäuschtes Gespräch rein.

»Fluffy«, korrigierte ich. Dann hielt ich die Hand aufs Telefon und sagte leise zu der Dame: »Wir haben noch einen anderen Hund, der heißt Floppy. Ich hab mich bloß versprochen.«

Ich wollte gerade mein Telefonat beenden, da klingelte mein Handy. Das war jetzt echt ungeschickt. Aber da musste ich durch.

Ich sagte ins Telefon: »Okay, prima, dann muss ich mir ja keine Sorgen machen.« Danach steckte ich das klingelnde Handy wieder in meine Jackentasche und sagte zu ihr: »Der Hund ist zu Hause.«

»Dein Telefon klingelt.«

Ich nickte. »Das macht es manchmal, hat nichts zu bedeuten.« Kam ich damit durch?

Offensichtlich, denn sie meinte nur noch: »Na, dann ist ja alles in Ordnung« und ging weiter.

Nein, nichts war in Ordnung, ich hatte sie noch gar nicht gefragt, ob sie wohl Pias Oma spielen wollte. Ich ging hinter ihr her.

»Ich lauf noch ein Stück mit Ihnen, okay?«

»Wieso?«

»Ich muss eh in die Richtung.«

Das schien ihr als Erklärung zu genügen. Wir liefen zum Ausgang des Parks.

»Mögen Sie Hunde?«

»Ja, sehr. Es ist viel schöner, mit einem Hund spazieren zu gehen als allein. Aber leider habe ich keinen Hund.«

Dann sagte ich was ganz Dummes: »Ich kann Ihnen ja Fluffy zum Spazierengehen leihen.« Es war eine spontane

Reaktion, weil der erste Impuls bei mir stets der ist, Leuten zu helfen. Hier hatte ich nur nicht bedacht, dass ich gar keinen Hund hatte, den ich verleihen konnte.

Sie sah mich überrascht an, dann lächelte sie.

»Das ist sehr lieb von dir. Aber wir können doch auch gemeinsam mit deinem Fluffy spazieren gehen.«

Bingo! Wir waren Freunde. Oder würden welche werden. Das musste allerdings flott gehen, denn ich hatte nicht allzu viel Zeit. In vier Wochen brauchte ich eine Großmutter für Pia.

»Gut. Wo treffen wir uns?«

Inzwischen waren wir wieder am Ende des Parks angekommen und warteten an einer Ampel.

»Ich bin jeden Tag etwa um drei Uhr im Seniorenheim und anschließend spaziere ich meist noch durch den Park.«

Ich nickte begeistert. Super, wir hatten eine Verabredung. Dann würde ich das Thema *Oma* morgen ansprechen.

Mein Handy klingelte wieder. Ich ignorierte es, weil ich mich noch verabschieden wollte. Aber nun sprang die Ampel auf Grün.

»Also, bis morgen«, sagte sie und ging. Dann drehte sie sich noch mal um: »Ich freue mich schon auf deinen Hund!«

An dieser Stelle ließ mein Enthusiasmus schlagartig nach. Verflixt. Nun brauchte ich einen Hund. Bis morgen! Ob es mir wohl gelingen würde, meine Eltern zu überreden, sich einen Hund anzuschaffen? Heute noch?

Ich zog mein Handy aus der Tasche. Pia hatte zweimal angerufen. Ich würde sie später zurückrufen, erst mal musste ich mit meinem Vater sprechen. Bei allen heiklen Angelegenheiten war er mein erster Ansprechpartner. Wenn er Nein sagte, konnte ich mir die Mühe sparen, mit meiner Mutter zu reden, denn sie war wesentlich strenger. Und misstrauischer. Sie stellte Fragen. Mein Vater nicht.

»Hi, Paps! Ich finde, was unserer Familie fehlt, ist ein Hund. Ich kann uns einen besorgen. Okay?«

Mein Prinzip im Umgang mit meinen Eltern war klar: Erst ein Problem schildern und dann sofort die Lösung anbieten. Meist fielen sie darauf rein und waren erleichtert, dass sie nichts tun mussten.

»Das ist nett von dir, Luna. Ach und bitte tu mir doch einen Gefallen, geh in den Supermarkt und bring Salzstangen mit. Ich bekomme nachher Besuch.«

»Alles klar, wird gemacht.«

Ich legte schnell auf.

Als mein Handy erneut klingelte, ging ich ran, ohne zu überprüfen, wer anrief, denn ich nahm an, es wäre Pia. Aber es war mein Vater.

»Was hast du eben gesagt, Luna?«

»Ich bring Salzstangen mit«, versuchte ich ihn schnell abzufertigen.

»Nein, nein, davor.«

Verflixt. Es war ihm aufgefallen. »Ähm, was meinst du?«

»Hast du gesagt, du willst einen Hund besorgen?«

»Ja«, antwortete ich so unbefangen wie möglich.

Er fing an zu lachen.

»Was ist?«

»Das war ein Scherz, nicht wahr? Du wolltest prüfen, ob ich dir auch zuhöre.«

Hm. Ich lachte mit.

»Erwischt.«

»Gar nicht! Ich hab doch zugehört. Du hast einfach so schnell wieder aufgelegt.«

»Okay, also nur Salzstangen? Keinen Hund?«, fragte ich sicherheitshalber noch mal nach.

»Deine Mutter würde die Krise kriegen.«

Gut, das konnte ich somit abhaken. Trotzdem brauchte ich für morgen einen Hund.

Kapitel fünf

Ich stand am Eingang des Tierheims und wartete darauf, dass jemand kam, dem ich mein Anliegen vortragen konnte.

Pia rief an. »Endlich! Ich versuch schon die ganze Zeit, dich zu erreichen. Wo bist du?«

Da kam eine Frau um die Ecke, die aussah, als würde sie hier arbeiten.

»Ich meld mich nachher noch mal«, rief ich schnell ins Telefon und steckte es weg.

Freundlich lächelnd ging ich auf die Frau zu.

»Hallo! Ich …« Wieso überlegte ich mir eigentlich nie vorher, was ich sagen wollte? Wobei, was gab es da viel zu überlegen? Ich wusste doch, was ich wollte.

»Hallo«, meinte die Dame freundlich. »Gehörst du zu den Volontären?«

Ich sah sie misstrauisch an. »Ich hoffe nicht, ich mag Tiere.«

»Also, Volontäre sind Leute, die sich freiwillig melden, um im Tierheim auszuhelfen. Möchtest du das?«

»Nein, aber ich kann mich gern mal umhören, wer Interesse daran hätte.« Schnell schrieb ich eine kurze Notiz in mein Handy auf meine To-do-Liste.

Ein wenig ungeduldig fragte die Dame: »Also, wieso bist du hier?«

»Ich möchte gern einen Hund ausleihen.«

»Was meinst du mit *ausleihen?*«

»Na, einen Leih-Hund. Für morgen Nachmittag. Ich komme vorbei, hole den Hund ab, geh mit ihm spazieren und bringe ihn dann zwei Stunden später wieder zurück. Ich bräuchte was Kleines, mit fluffigem Fell. Er soll nämlich Fluffy heißen. Ach ja, und es wäre gut, wenn Sie was in Schlammbraun dahätten.«

Sie sah mich groß an, reagierte aber dann doch sehr höflich. »Wir verleihen keine Tiere.«

»Im Ernst? Wieso denn nicht? Wär doch prima, dann kommen die Tiere mal raus und erleben was. Und ich würde auch eine Leihgebühr zahlen. Wäre das nicht eine gute Geschäftsidee für Sie?«

Sie zog die Augenbrauen in die Höhe und musterte mich. Letztlich kam sie wohl zu dem Schluss, dass ich harmlos war, daher lächelte sie wieder und fragte: »Wofür brauchst du denn einen Hund?«

»Als Köder.«

Nun fuhr sie entsetzt zurück. »Wie bitte?«

Wieso war sie denn so schockiert? »Ich will eine Oma ködern«, erklärte ich. »Also, eine ältere Dame, die eine

Oma spielen soll. Ich hab auch schon jemanden und sie steht voll auf Hunde. Deshalb brauche ich einen Hund.«

Die Frau schluckte. Wahrscheinlich stellte sie meine geistige Gesundheit nun infrage.

Ich sagte: »Dem Hund passiert nichts. Versprochen! Und ich bringe ihn ja wieder.«

Doch das beruhigte sie nicht. Ihr Lächeln verflog und sie meinte nur sehr sachlich: »Also, wie schon gesagt: Wir verleihen grundsätzlich keine Tiere. Wenn du daran interessiert bist, einen Hund zu adoptieren, müsstest du mit deinen Eltern wiederkommen.«

Das klang so, als wäre unser Gespräch nun beendet. War es wohl, denn sie nickte mir noch einmal kurz zu und ging.

Etwas ernüchtert machte ich mich auf den Heimweg. Das war jetzt eher weniger erfolgreich gewesen. Es würde womöglich doch etwas schwerer werden, als ich gedacht hatte. Ich whatsAppte Pia, dass ich gleich zu ihr kommen würde.

Als ich zu Hause ankam, war unser Wohnzimmer gefüllt mit Leuten. Fremden Leuten. Ich lieferte die Salzstangen ab und wollte zu Pia rübergehen. Auf dem Weg durchs Wohnzimmer zur Terrasse sah ich einen Hund, der neben unserer Couch saß. Ein Dalmatiner. Hey, vielleicht kannte ich mich doch ganz gut mit Hunderassen aus. Aber Dalmatiner kennt ja vermutlich jeder, dank Disney. Ich machte eine Kehrtwende, spazierte ins Wohnzimmer und setzte mich, da es keinen freien Sitzplatz mehr gab, auf den Boden neben den Hund.

Der Hundebesitzer, ein älterer Herr, saß auf der Couch und streichelte den Kopf seines Lieblings.

Ein wenig irritiert und fragend sah mich mein Vater an.

Ich ignorierte ihn, immerhin lebte ich ja hier und konnte mich doch wohl ins Wohnzimmer setzen. Da er aufgehört hatte zu reden, waren alle Augen auf mich gerichtet.

»Lasst euch nicht stören«, sagte ich freundlich. »Macht einfach weiter.«

Mein Vater fühlte sich wohl zu einer Erklärung verpflichtet: »Das ist meine Tochter Luna«, teilte er seinen Besuchern mit. Dann wandte er sich an mich. »Wir gründen gerade eine Bürgerinitiative, die das Naturschutzgebiet am Stadtrand erhalten und den Bau des Büroparks stoppen will.« Er sagte das in einer Art und Weise, die unausgesprochen die Frage stellte, was ich hier wollte.

Ich nickte eifrig. »Super. Ich bin dabei. Ich helfe gern.« Denn wie sonst sollte ich erklären, wieso ich mich mitten in den Pulk der Leute gesetzt hatte.

Mein Vater blickte mich kurz erstaunt an, dann freute er sich und nickte mir zu. »Sehr schön. Wir finden bestimmt eine Aufgabe für dich.«

Also daran war ich jetzt nicht wirklich interessiert, heuchelte aber Begeisterung. Ich wünschte wirklich, sie würden weiterdiskutieren, denn ich hatte es mittlerweile recht eilig,

Pia wartete ja auf mich. Als sie ihr Gespräch wieder aufgenommen hatten, betrachtete ich den Hundebesitzer. Vielleicht würde er mir seinen Hund ja für morgen Nachmittag leihen. Der Dalmatiner entsprach zwar nicht so ganz der Beschreibung, die ich der Dame gegeben hatte, er hatte wenig Fluffymäßiges an sich, aber ich durfte nicht wählerisch sein. Ich konnte ja auch einfach behaupten, dieser Hund wäre Floppy.

»Meinen Sie, es stört Ihren Hund, wenn ich ihn Floppy nenne?«, flüsterte ich dem Besitzer zu.

»Er heißt Felix.«

Hieß das nun ja oder nein?

»Kann ich ihn morgen Nachmittag mal ausleihen und mit ihm im Park spazieren gehen?«

Der Mann sah mich ein wenig verblüfft an, dann schüttelte er den Kopf. »Nein.«

Würde es sich lohnen, mit ihm zu diskutieren und ihn zu überreden? Wahrscheinlich nicht, denn sein *Nein* hatte sehr endgültig geklungen.

Na gut, es war einen Versuch wert gewesen, dann sollte ich mich auf den Weg zu Pia machen. Aber mit welcher Erklärung sollte ich jetzt plötzlich wieder aufstehen? Könnte ich, wenn ich am Boden entlangkroch, vielleicht ungesehen auf die Terrasse gelangen?

Mein Handy klingelte. Rettung. Ich sprang auf, entschuldigte mich und lief auf die Terrasse. Es war Pia.

Ich sagte: »Bin in einer halben Minute bei dir« und

huschte in den Garten. Gerade wollte ich zwischen zwei Büschen hindurchschlüpfen, da räusperte sich jemand. Tadelnd. Nur Frau Berghof hatte die Fähigkeit, sich tadelnd zu räuspern.

Mist! Ich hatte sie nicht gesehen. Sie saß auf ihrer Terrasse und bewachte ihren Garten. Ich tätschelte die Büsche ein wenig, so als wollte ich nur mal überprüfen, ob sie auch brav wuchsen. Dann lief ich wieder zurück, grüßte kurz, als ich durchs Wohnzimmer ging, und spazierte vor den Häusern zu Pia.

Pia hatte auf der Terrasse den Tisch gedeckt, es gab Muffins. Auf einem Stuhl lag ein Stapel Frauenzeitschriften.

»Hey, super, lass uns nach Frisuren für Frau Schneider suchen!«

»Hab ich schon gemacht.« Sie sah mich etwas vorwurfsvoll an. »Ich hatte ja genug Zeit, während ich auf dich gewartet habe.«

»Ich hab dir doch gewhatsAppt, dass ich später komme.«

»*Ein klein wenig später* hast du geschrieben. Das war vor drei Stunden. Wo warst du denn?«

Ich dachte kurz nach, dann zählte ich auf: »Seniorenheim, Park, Supermarkt, Tierheim.«

»Wieso?«

Ich zögerte. »Eigentlich wollte ich es dir erst sagen, wenn es geklappt hat, aber … ach, was soll's. Weil ich nach einer Oma für dich gesucht habe.«

»Im Tierheim?! Luna, du hast doch nicht etwa vor, irgendein Tier als Oma zu verkleiden und mitzubringen?«

»Was hast du denn für verrückte Ideen?«, rügte ich sie. Oder wäre das auch eine Möglichkeit? Nein. Mein Plan war viel besser.

»Ich wollte einen Hund ausleihen.«

»Bitte?«

»Mit Hunden kannst du alte Damen anlocken.«

Pia sah mich äußerst misstrauisch an. »Was hast du vor?«

Ich strahlte. »Na, ich werde eine ältere Dame überreden, deine Großmutter zu spielen.«

Da sie verständnislos schaute, erinnerte ich sie: »Für den Großelterntag in der Schule.«

»Luna, lass es einfach. Ich werde den Tag auch ohne Großeltern überstehen. Ich hab mich schon wieder beruhigt.«

»Nein, Pia, echt nicht. Ist eh schon doof, dass dein Vater aus deinem Leben verschwunden ist und deine Mutter nie Zeit für dich hat …«

Pia fiel mir ins Wort. »Soll mich das aufmuntern?«

»Ich wollte doch bloß erklären, dass ich nicht zulassen werde, dass du am Großelterntag ganz allein sein wirst. Wir brauchen mindestens eine Oma für dich.«

»Ist total lieb gemeint, Luna, aber die Idee ist zu abgedreht. Das geht nicht gut.«

»Okay, ich mach dir folgenden Vorschlag: Lass mich für dich eine Oma finden, ich erklär ihr, worum es geht, übe mit ihr und wir testen, ob es funktioniert. Und wenn du es dann doch nicht durchziehen willst, lassen wir's.«

»Wie willst du denn testen, ob es funktioniert?«

Ich überlegte. »Wir machen so was wie eine Generalprobe. Wir bitten die Frau, hierherzukommen und wir laden zwei, drei Mädchen aus unserer Klasse ein. Und wenn die Frau es nicht schafft, die Mädels davon zu überzeugen, dass sie deine Oma ist, vergessen wir's.«

Pia sah mich gequält an. »Ach, Luna!«

Diese Antwort genügte mir. Sie hatte nicht Nein gesagt. Nun wollte ich schnell das Thema wechseln. Ich griff nach einer Zeitschrift.

»Aber jetzt werden wir erst mal Frau Schneider zu ihrem Glück verhelfen.«

Pia nahm mir das Magazin aus der Hand und reichte mir ein anderes.

»Das hier ist perfekt. Wir geben ihr gleich das ganze Heft. Dann müssen wir nichts ausschneiden, aufkleben oder sonst was.«

»Wieso denn nicht? Macht doch Spaß. Ein paar Frisur-Fotos, ein paar Styling-Tipps, wir machen eine Collage.«

»Also, aufgeklebte Sachen ohne Absender sehen eher nach Erpresserbrief aus.«

»Nicht wenn wir es hübsch mit Herzchen und Blümchen verzieren.«

»Das ändert nicht viel. Schau mal hier, in diesem Magazin ist eine Vorher-Nachher-Story drin über Frauen, die sich von ihren langen Haaren getrennt haben und jetzt mit schicken Kurzhaarschnitten sehr viel besser aussehen und glücklicher sind. Ist sogar ein Hinweis auf den Artikel auf der Titelseite. Wenn wir nur die Zeitschrift in ihr Fach legen lassen, wird sie schon von selbst auf die Idee kommen, die mal durchzublättern. Dann entdeckt sie den Artikel und unsere Arbeit ist getan.«

»Sollten wir nicht sicherheitshalber was dazuschreiben? Wir könnten unsere Schrift verstellen.«

»Nein, das hat so was Merkwürdiges. Vielleicht fühlt sie sich dann gestalkt oder so.«

»Wir wollen ihr doch bloß behilflich sein.«

»Das weiß sie aber nicht, wenn sie merkwürdige Zettel in ihrem Fach findet. Lass uns nur das mit der Zeitschrift machen.«

»Na gut. Und wir sollten mal rausfinden, was für Hobbys der Jensen hat, und Frau Schneider dazu bringen, sich auch dafür zu interessieren. Von wegen Gemeinsamkeiten und so. So was verbindet.«

Kapitel sechs

Als wir am nächsten Tag auf dem Weg zum Lehrerzimmer waren, um die Zeitschrift abzugeben, fiel mir auf, dass wir etwas nicht bedacht hatten.

»Was ist, wenn Frau Schneider da ist und uns sieht? Oder jemand ihr sagt, dass wir das für sie abgegeben haben? Und sie uns daraufhin anspricht? Was sagen wir dann?«

Pia blieb stehen. »Hast du eine bessere Idee?«

»Wir könnten versuchen herauszukriegen, wo sie wohnt, und es in ihren Briefkasten werfen.«

Pia zog ein Gesicht. Ja, ich fand das jetzt auch nicht so gut.

»Ich hab's!«, rief ich strahlend. »Ich weiß, was wir tun. Wir werden dem Jensen die Zeitschrift geben und ihn bitten, sie an Frau Schneider weiterzureichen. Das ist perfekt. Dann denkt sie, er will sie dezent darauf hinweisen, dass ihm kurze Haare besser gefallen.«

»Aber er weiß, dass wir sie ihm gegeben haben, und wird es ihr sagen.«

»Okay. Stimmt. Trotzdem wäre es perfekt, wenn er es ihr

geben würde, dann hätten sie auch einen Grund, miteinander zu reden.«

Pia nickte. »Er sollte die Zeitschrift bekommen, ohne dass er weiß von wem, aber dass sie für Frau Schneider ist.«

»Genau.« Ich grinste. »Wir stecken die Zeitschrift in einen Umschlag, schreiben ihren Namen drauf und lassen ihn in der Turnhalle liegen. Jensen wird ihn finden und dann der Schneider geben.«

In der großen Pause bat ich im Sekretariat um einen Umschlag, den wir dann nach der letzten Stunde gut sichtbar auf einer der Bänke in der Turnhalle platzierten. Dann huschten wir raus und legten uns auf die Lauer.

Schon bald kam Jensen mit der eingetüteten Zeitschrift in der Hand aus der Turnhalle. Während er über den Schulhof lief, öffnete er den Umschlag und zog die Zeitschrift raus. Dann sah er sich um. Frau Schneider war auf dem Weg zu ihrem Auto.

»Er wird zum Parkplatz gehen, lass uns vor ihm da sein, dann fällt es nicht so auf, dass wir ihn beschatten.«

»Aber es gibt für uns keinen Grund, auf dem Parkplatz rumzustehen. Oder hast du inzwischen den Führerschein und bist mit dem Wagen da?«

»Ach so. Hm. Da sind doch auch die Räder, dort stellen wir uns hin.«

Wir hatten bei den Fahrrädern Stellung bezogen, Frau Schneider war bereits an ihrem Wagen angelangt, als Jensen kam.

»Angelika!«, rief er.

Frau Schneider blieb stehen.

Er hielt ihr die Zeitschrift ohne den Umschlag entgegen. »Hier, für dich.«

Ich kicherte leise und sagte: »Das läuft ja besser als gedacht, es klingt so, als hätte er sie für sie besorgt.«

Frau Schneider nahm die Zeitschrift entgegen und sah auf den Titel. Dann las sie sehr irritiert vor: »*Die ersten Fältchen, was tun? Frauen über vierzig – Nutzen Sie Ihre besten Jahre! Zwanzig Kurzhaarschnitte, die Sie jünger machen.*«

Frau Schneider blickte Jensen sehr vorwurfsvoll an. »Was soll das?«

»Keine Ahnung. Lag in der Turnhalle.«

»Und du meinst, du musst *mir* diese Zeitschrift geben?«

»Ja. Wieso bist du denn sauer?«, fragte Jensen, etwas irritiert über ihre Reaktion.

Himmel, Junge! Denk doch mit! Sie ist beleidigt, wegen der Themen.

Verflixt, darauf hatten wir nicht geachtet.

Ich sah Pia vorwurfsvoll an. »Wieso hast du eine Senioren-Zeitschrift rausgesucht?«

»Erstens ist es keine Senioren-Zeitschrift, sondern eine für Leute über vierzig. Und ich hab mir nichts dabei gedacht. Ich hab doch nur nach Frisur-Tipps gesucht.«

»Wo hast du die her?«

»Von zu Hause. Meine Mutter liest die. Sie ist über vierzig.«

Mist. Das war jetzt irgendwie daneben.

Dann kam Bolte, er winkte Frau Schneider fröhlich zu, doch die war offensichtlich echt sauer, warf unsere sorgsam ausgewählte Zeitschrift in den Abfallkorb, stieg in ihren Wagen, knallte die Tür zu und fuhr davon.

»Was hat sie denn?«, fragte Bolte Jensen.

»Keine Ahnung.« Er zuckte nur mit den Schultern. »Frauen!«

Ich war ein wenig verärgert und im Zweifel, ob Frau Schneider unsere Hilfe wirklich verdient hatte, wenn sie so überreagierte auf ein Geschenk von Jensen. Ich sagte so was in der Art zu Pia, doch die meinte: »Ich vermute mal, sie ist sehr empfindlich, was ihr Alter betrifft. Das kenn ich von meiner Mutter.«

Als alle abgefahren waren, ging ich zum Abfallkorb, zog unsere Zeitschrift wieder raus und steckte sie in meine Umhängetasche. Dann machten wir uns enttäuscht auf den Heimweg.

»Das ist jetzt nicht nach Plan gelaufen«, knurrte ich.

Pia nickte. »Vielleicht sollten wir uns bei ihr entschuldigen.«

»Jensen sollte sich entschuldigen«, schimpfte ich. »Der hat's verbockt.«

»Der kann doch nun wirklich nichts dafür.«

Ich brütete eine Weile vor mich hin, dann sagte ich: »Wir schreiben ihr einen Brief.«

»Und was hilft das?«

»Wir schreiben einen Entschuldigungsbrief in seinem Namen – auf dem PC, drucken ihn aus und klemmen ihn unter den Scheibenwischer ihres Autos.«

Pia schien wenig überzeugt. »Ob das eine gute Idee ist?«

»Sicher. Oder fällt dir was Besseres ein?«

Nachmittags, während Pia am PC in ihrem Zimmer saß, stand ich hinter ihr und diktierte: »*Liebe Angelika. Es tut mir leid, ich wollte Dich nicht kränken.*«

Pia schrieb, dann sah sie mich an. »Und was ist, wenn sie ihn auf diesen Brief hier anspricht? Er hat ja keine Ahnung.«

»Guter Punkt. Das sollte sie besser nicht. Schreib noch drunter: *Lass uns die Sache vergessen und nicht mehr darüber reden.*«

»Wie heißt der Jensen mit Vornamen?«

»Keine Ahnung, aber sie wird ja wohl wissen, auf wen sie sauer ist.«

»Sollten wir noch irgendwie die Frisuren erwähnen? Oder ihr ein Kompliment machen, dass sie gut und jung aussieht?«

»Sie sieht nicht gut aus. Schreib bloß jung. Nein, besser nicht. Auch nicht das mit den Frisuren. Sonst ist sie vielleicht wieder ärgerlich.«

Pia nickte. »Dann können wir das mit den Styling-Tipps eigentlich auch vergessen. Sie scheint auf so etwas nicht sehr gut zu reagieren.«

»Ja. Konzentrieren wir uns ab jetzt auf eventuelle Gemeinsamkeiten der beiden. Vielleicht finden sie ja dadurch zueinander.«

Pia drehte sich zu mir um. »Gar nicht so einfach, Amor zu spielen, was?«

»Das kannst du laut sagen.«

»Hab ich doch.« Pia lachte. Dann fragte sie: »Also, was meinst du, welche Hobbys oder Interessen haben die beiden?«

Wir überlegten beide ziemlich lange, aber es fiel uns nichts ein. Dafür kannten wir sie zu wenig.

»Was machen Lehrer in ihrer Freizeit?«

»Hefte korrigieren? Den Unterricht für den nächsten Tag vorbereiten?«

»Ja. Und dann? Es muss doch auch für Lehrer noch ein Leben geben, das nichts mit Schule zu tun hat.«

»Was ist mit Musik? Vielleicht könnten sie zusammen zu einem Konzert gehen. Wir schenken ihnen die Eintrittskarten.«

»Also erstens wissen wir gar nicht, auf was für 'ne Art von Musik sie stehen, und zweitens: Wer soll das denn bezahlen?«

Pia nickte.

»Google mal *kostenlose Veranstaltungen*, vielleicht finden wir da was, was für die zwei infrage kommt«, schlug ich vor.

Kurz darauf referierte Pia: »Wir hätten da eine Karatemeisterschaft, einen Samba-Tanzwettbewerb, ein Treffen von internationalen Blasmusik-Orchestern, eine Oldtimer-Show – ich denke mal, da geht es um Autos –, dann ein paar Ausstellungen, stopp mich, wenn du meinst, da wär was dabei: Tropische Schmetterlinge, Handwerkskunst im 19. Jahrhundert, antike Türklopfer, Perlmuttknöpfe, Modelleisenbahnen.«

Ich schüttelte stets den Kopf. »Schau mal in einer anderen Rubrik nach.«

»Treffen der Harley-Davidson-Veteranen, Marathon-Vorbereitungskurs, Blick hinter die Kulissen eines Zirkus, zwei Galerien veranstalten Vernissagen, öffentliches Yoga im Park. Und dann ist da noch das Wissenschaftsfestival.«

»Wissenschaftsfestival? Worum geht es da genau?«

Pia studierte die Beschreibung. »Das ist speziell für Kinder. Eine einwöchige Sonderaktion vom Technik-Museum. Eintritt frei. Da geht es um physikalische Experimente, die Kindern Spaß an Physik vermitteln sollen.«

»Hey! Das ist doch perfekt. Lehrer lieben so was.«

»Sportlehrer auch?«

»Lehrer ist Lehrer. Wir nehmen das.«

»Und wie erfahren sie davon?«

»Druck einfach die Seite aus. Zwei Mal. Und die klemmen wir unter die Scheibenwischer ihrer Autos. Sieht dann nach ganz normaler Werbung aus.«

»Und wie stellen wir sicher, dass sie beide am selben Tag und zur selben Zeit hingehen?«

»Hm. Kannst du die Seite bearbeiten? Schreib *Samstag, 15 Uhr*. So als wäre es eine einmalige Aktion.«

Pia machte sich sofort ans Werk. Ich warf einen Blick auf meine Uhr. Bis halb drei mussten wir fertig sein, dann sollten wir uns nämlich auf den Weg zu Pias künftiger Oma machen. Ich musste Pia nur noch dazu überreden.

Mein Vater rief mich an. »Wir treffen uns um vier«, teilte er mir mit.

»Wir beide?«

»Nein, die Bürgerinitiative. «

»Und wieso muss ich das wissen?«

»Na hör mal, du hattest doch gestern gesagt, dass es dich interessiert und du mithelfen willst.«

»Ja, aber …«, *doch nur weil da ein Typ mit Hund saß*, sollte mein Satz weitergehen. Aber mir war klar, dass das zu viele weitere Erklärungen nach sich ziehen würde. »… heute hab ich keine Zeit«, sagte ich stattdessen, was ja stimmte.

Er schwieg. Er war nicht happy, das konnte ich an seinem Schweigen erkennen.

Ich wollte ihn versöhnen. »Tut mir echt leid. Hey, ich würde ja gerne mithelfen – und wenn es etwas gibt, was ich tun kann, jederzeit. Ich steh voll dahinter. Nur nicht heute. Ich muss gleich in die Stadt, bin verabredet. Du erzählst mir einfach heute Abend alle Einzelheiten. Okay?«

»Okay. Aber bevor du in die Stadt gehst, komm noch kurz hier vorbei und hol ein paar Flugblätter ab. Die müssen verteilt werden. Ich hatte gestern zu den andern gesagt, du würdest das bestimmt gerne übernehmen.«

»Kann ich das auch morgen machen?«

»Nein, es eilt. Das Gelände ist bereits verkauft und die Baugenehmigung wurde auch schon erteilt. Alles husch, husch unter der Hand, damit niemand was davon erfährt. Deshalb müssen wir jetzt schnell handeln, die Öffentlichkeit informieren und Protestaktionen organisieren.«

»Verstehe. Ich komme gleich.«

Kapitel sieben

Ich hatte Pia davon überzeugen können, dass wir es auf einen Versuch ankommen lassen sollten, eine Frau zu finden, die bereit war, ihre Oma zu spielen. Vielleicht hatte die Frau ja auch Spaß an der Idee, ein kleines Theaterstückchen aufzuführen. Jedenfalls gab Pia ihre Einwilligung und wir machten uns auf den Weg zum Park.

Da ich nicht den versprochenen Hund dabeihatte, suchte ich im Internet ein paar Fotos von Hunden raus, zu denen meine Beschreibung und der Name passten, und legte auf meinem Handy einen kleinen Ordner an. Die Fotos würde ich ihr zeigen, wenn sie nach Fluffy fragte, und seine Abwesenheit damit erklären, dass er heute keine Lust hatte, spazieren zu gehen. Pia hatte jedoch ihre Zweifel daran, ob ich damit durchkommen würde.

»Keine Sorge, das klappt schon«, beruhigte ich sie.

»Und wann willst du ihr sagen, dass sie meine Oma spielen soll?«

»Das kommt in Phase zwei. Erst mal muss ich ihr Vertrauen gewinnen.«

»Und das gewinnst du, indem du einen Hund erfindest?«

»Sie weiß doch nicht, dass er erfunden ist.«

»Er klingt aber irgendwie erfunden«, fing sie nun schon wieder an. »Und die Bilder von *Fluffy* sind auch nicht sehr überzeugend.«

»Ach, Pia, was ist denn los? Du bist doch sonst nicht so mäkelig.«

»Na ja, diesmal geht es um mich. Ich will, dass wir einen guten Eindruck machen, die Frau soll schließlich meine Oma werden.«

»Vielleicht sollte ich ihr Bilder von dir zeigen, statt von Fluffy?«, grinste ich.

»Das hätte den Vorteil, dass es *mich* tatsächlich gibt.«

»Soll ich?«

»Nein!«

Als wir am Park ankamen, zögerte sie. »Ich bin nervös. Sag mal, was hältst du davon, wenn du schon mal vorgehst und ich nachkomme. Ich muss nämlich noch zum Supermarkt und für heute Abend einkaufen. Das könnte ich doch in der Zwischenzeit erledigen. Schick mir 'ne WhatsApp, wenn du sie so weit hast und sie mich kennenlernen will. Dann komme ich.«

Ich lief durch den Park und fand Pias künftige Oma auf einer Bank, im Gespräch mit einer Frau, die einen Dackel an der Leine führte. Die Dackelbesitzerin verabschiedete sich gerade. Ich wartete, bis sie gegangen war, und schlenderte dann auf die Frau zu, winkte freundlich und setzte mich neben sie auf die Bank.

»Hallo! Na, wie geht's deinem Hund?«

»Gut.«

»Wo ist er?«

»Ach so, ja also, er hat sich geweigert mitzukommen. Aber ich hab Fotos von ihm dabei.« Ich zog mein Handy raus und zeigte ihr stolz die Bilder. Kurz überlegte ich, ob ich es vielleicht übertrieben hatte und es womöglich besser gewesen wäre, nur ein einziges Bild zu nehmen, aber es gab so viele niedliche Fotos von kleinen Hunden, die nach Fluffy aussahen, und ich wollte auf keins verzichten. Besonders süß war das, wo der Hund einen Frisbee in der Luft fing. Oder das, wo er auf einem Skatebord stand, und das andere, auf einem Segelboot mit Schwimmweste.

Pias zukünftige Oma betrachtete die Fotos aufmerksam und meinte schließlich: »Dein Hund sieht auf jedem Bild anders aus.«

»Das liegt am Hintergrund«, beruhigte ich sie.

Sie sah mich an, lächelte und meinte: »Du hast gar keinen Hund, stimmt's?«

Das war jetzt aber irgendwie unangenehm. »Och, also so würde ich das nicht sagen ...«

»Aber du wünschst dir einen?«

Ich seufzte und versuchte erst mal auszuloten, ob sie sauer war auf mich oder nicht.

Offensichtlich nicht, denn sie tröstete mich. »Als ich

klein war, hatte ich auch einen Fantasie-Hund. Ich nannte ihn Purzel. Er war ein Dackel. Aber das gibt sich mit der Zeit.«

Was dachte sie bloß von mir? Glaubte sie, ich wäre etwas unterbelichtet? Na gut, wenn es half, arbeiteten wir eben damit.

Ein älterer Mann mit einem Dalmatiner spazierte vorbei. Sie lockte den Hund an. Als er zu uns kam, streichelte sie ihn kurz.

Der Mann blieb stehen. Irgendwie kam er mir bekannt vor. Ich ihm offensichtlich auch.

»Bist du nicht die Tochter von Frank Lichtenstein?«

»Ja?« Ich hatte keine Ahnung, woher ich ihn kannte.

»Bürgerinitiative Birkengrund. Du wolltest dir meinen Hund ausleihen.« Das klang sehr vorwurfsvoll.

Nun erinnerte ich mich und wurde rot.

Die Dame kam mir zu Hilfe. »Sie liebt Hunde.«

Ich nickte eifrig. Und zur Bestätigung wandte ich mich an den Hund: »Hallo, Felix.« Ich hob die Hand zum Gruß. Überzeugender wäre es natürlich gewesen, wenn ich ihn gestreichelt hätte. Aber immer wenn ich die Hand in die Nähe seines Kopfes brachte, drehte er seine Schnauze zu mir und ich zuckte zurück. Da waren einfach zu viele Zähne in seinem Mund. Ich zog daraufhin meine Hand weg und winkte dem Hund einfach noch mal freundlich zu. Ich war womöglich doch nicht wirklich ein Hunde-Typ.

Der Mann hatte meine Bemühungen mit hochgezogenen

Augenbrauen beobachtet. Die Dame lachte und streichelte nun statt meiner den Dalmatiner.

»Ein sehr schöner Hund«, lobte sie den Besitzer.

Der freute sich über das Kompliment und stellte sich ihr nun vor: »Guten Tag, mein Name ist Karsten.«

Meine Wahl-Oma war etwas verblüfft, dann sagte sie: »Ich heiße Susanne.«

»Oh, entschuldigen Sie: Karsten ist mein Nachname, Peter Karsten.«

»Ach so. Susanne Feldmann«, sagte sie und wurde etwas rot.

Dann wandte er sich an mich. »Verteilst du auch brav die Flugblätter?« Es war keine Frage, sondern klang wie ein Vorwurf.

»Aber natürlich.« Mein Vater hatte mir einen Stapel mitgegeben und ich hatte sie einfach in meine Umhängetasche gestopft. Ich wühlte in meiner Riesentasche und beförderte einige Dinge zutage, die die Dame freundlicherweise hielt, während ich weitersuchte.

Ich sollte wirklich von Zeit zu Zeit mal meine Tasche aus- und umräumen. Frau Feldmann hatte bereits einen angebissenen Apfel, eine Haarbürste, eine Strickjacke und ein Mathebuch in der Hand. Nun reichte ich ihr das Magazin mit den Frisur-Tipps für Frau Schneider, das ich ebenfalls noch mit mir herumtrug. Sie betrachtete es interessiert.

»Hey, wenn Sie wollen, können Sie es gerne haben«, bot ich an.

»Oh, danke.«

Dann hatte ich endlich eins der Flugblätter erwischt. Ich sah den Mann triumphierend an, denn er hatte wohl angenommen, dass ich meine Arbeit vernachlässigte. Lächelnd überreichte ich es Frau Feldmann.

Während sie es aufmerksam las, räumte ich meine Tasche wieder ein.

»Das darf doch nicht wahr sein!«, rief sie dann.

Ich erschrak. Was war passiert?

»Im Birkengrund soll ein Büropark entstehen?«

Ach so, darum ging es.

Der Mann nickte. »Ja. Eine Schande. Wir haben eine Bürgerinitiative gegründet. Wollen Sie sich uns anschließen?«

»Sehr gerne.«

Er sah auf die Uhr. »In einer halben Stunde treffen wir uns. Sie können mitkommen, wenn Sie wollen.«

»Das mach ich.« Sie stand auf.

»Was ist mit dir?«, fragte mich Herr Karsten.

»Ich muss Flugblätter verteilen.«

»Sehr schön.«

Frau Feldmann drehte sich noch einmal zu mir. »Also dann, tschüss.«

Was denn? Das war's? Ich hatte doch noch gar nicht das Thema auf den Großelterntag gelenkt.

Gemeinsam mit dem Dalmatiner und seinem Herrchen ging sie. Und ich saß allein da.

Wie war das denn jetzt passiert? Das war aber ganz und gar nicht der Plan.

Ich whatsAppte Pia.

Wo bist du?

Supermarkt.

Warte dort, ich komme.

Allein?

Ja.

Was ist passiert? Hast du sie verschreckt?

Hab sie an einen älteren Herrn verloren.

Bitte???

Erzähl dir nachher alles. Bis gleich.

Auf dem Weg zum Supermarkt verteilte ich die restlichen Flugblätter, dann konnte ich wenigstens eine Sache von meiner To-do-Liste abhaken.

Als ich Pia erzählt hatte, was los war, sagte ich: »Wir könnten natürlich jetzt zu uns nach Hause gehen und uns zu den Leuten von der Bürgerinitiative setzen, dann würdest du sie kennenlernen. Aber eigentlich will ich nicht, dass mein Vater da irgendwas mitkriegt. Ich würde sie lieber wieder im Park treffen.«

»Ehrlich gesagt, ich glaube immer weniger, dass dein Plan funktionieren wird.«

»Na hör mal! Ich hab doch noch gar nicht richtig angefangen.«

»Man kann nicht eine wildfremde Frau fragen: *Würden Sie gerne meine Oma spielen?*«

»Deshalb freunden wir uns ja auch erst mal mit ihr an. Dann ist sie nicht mehr wildfremd.«

Pia zuckte mit den Schultern. »Trotzdem ist das sehr plump.«

»Ich weiß, wie wir es eleganter machen können. Wir erzählen ihr einfach von dem Dilemma und dann kommt sie von selbst auf die Idee.«

»Auf so eine Idee kommt keiner!«

»Man kann doch etwas nachhelfen. Jedenfalls geben wir nicht auf. Wir ändern nur die Strategie.«

»Keiner lässt sich auf so eine merkwürdige Idee ein. Und Erwachsene schon gar nicht.«

»Unterschätze alte Leute nicht, die machen auch verrückte Sachen. Beim nächsten Mal kommst du mit, machst ein trauriges Gesicht und ich übernehme den Rest.«

Kapitel acht

Wir hatten den Entschuldigungszettel, den wir in Jensens Namen an die Schneider geschrieben hatten, unter den Scheibenwischer ihres Autos geklemmt und gleich daneben unsere Einladung für das Wissenschaftsdings.

»Das ist perfekt, denn es sieht jetzt sogar so aus, als käme die Einladung von Jensen.«

Wir waren ausgesprochen zufrieden und nahmen wieder unsere Stellung am Parkplatz ein, um die Wirkung unserer Aktion zu überprüfen.

Part eins lief prima. Frau Schneider kam, sah die Zettel, las sie, schien zu lächeln, stieg in ihr Auto und fuhr los.

Pia und ich klatschten ab.

Dann kamen Jensen und Bolte. Part zwei.

Pia und ich warteten gespannt. Jensen sah die Einladung des Technik-Museums, warf kurz einen Blick darauf, reichte sie Bolte und sagte: »Guck mal, das fällt doch in dein Ressort.« Bolte studierte den Zettel und nickte: »Das ist eine tolle Aktion. Da geh ich auf alle Fälle hin. Vielleicht kann ich etwas für den Unterricht übernehmen.«

Hey, Mist! So war das nicht gemeint. Jensen sollte doch dort hingehen!

Murks. Der falsche Typ.

Und nun?

Auf dem Heimweg entschieden Pia und ich, dass wir eine weitere Nachricht schreiben mussten. Diesmal von der Schneider an den Jensen, in der sie ihn am Samstag eindeutig dorthin bittet.

»Wir wissen immer noch nicht, wie der Jensen mit Vornamen heißt.«

»Wir lassen die Anrede weg. Der weiß doch, dass er gemeint ist. Wir schreiben einfach: Würde mich sehr freuen, wenn wir uns am Samstag beim Wissenschaftsfestival sehen. Gruß, *Angelika.*«

Am nächsten Tag nach Schulschluss hingen wir schon wieder auf dem Parkplatz rum. Es dauerte ewig, bis Jensen und Bolte kamen, Frau Schneider war schon weg, und Pia und ich waren die Einzigen, die noch bei den Fahrradständern rumlungerten.

»Na, wollt ihr nicht nach Hause?«, fragte Jensen, als er an uns vorbeiging.

Ich bückte mich schnell und tat, als würde ich den Boden absuchen. »Sobald wir Pias Fahrradschlüssel gefunden haben«, sagte ich. »Sie hat ihn fallen lassen und jetzt …«

»Für welches Rad denn?«

Ich schaute auf und stellte fest, dass keine Räder mehr dastanden.

»Na so was«, meinte ich dann und sah Pia an. »Du bist ja heute gar nicht mit dem Rad da.«

Pia verdrehte die Augen.

Jensen lachte und ging weiter.

So unauffällig wie möglich versuchten wir ihn zu beobachten.

Er entdeckte den Zettel, las ihn, grinste und reichte den Brief an Bolte weiter. »Schau mal, von Angelika. Für dich.« Bolte las und wurde etwas verlegen.

»Verflixt, was ist los mit dem Kerl?«, schimpfte ich leise. »Wie kommt er denn auf die Idee, dass die Nachricht für Bolte ist?«

Ich war kurz davor, hinzugehen und die Sache klarzustellen. Pia sah es mir an und hielt mich zurück. »Lass es«, flüsterte sie. »Los, wir gehen jetzt nach Hause. Ist halt dumm gelaufen. Kann man nichts machen.«

Unwillig und protestierend ließ ich mich von Pia vom Parkplatz zerren.

»Aber wir müssen was tun!«, rief ich. »Die arme Frau Schneider! Da erwartet sie sehnsuchtsvoll den Jensen und dann kommt der kleine Bolte angedackelt!«

»Das wird mir jetzt zu kompliziert. Ich bin raus. Wir haben versucht, Amor zu spielen, hat nicht geklappt. Basta. Das war's.«

»Pia, du gibst zu schnell auf.«

»Und du weißt nicht, wann du aufgeben musst. Das ist mit ein Grund, wieso du immer in Schwierigkeiten gerätst. Wir hatten in der letzten Zeit wegen einigen deiner Hilfsaktionen Ärger. Manchmal wollen Leute auch keine Hilfe.«

»Jeder will Hilfe. Die meisten sind nur zu schüchtern, um zu fragen. Also, wir haben die Schneider-Aktion jetzt gestartet, ich will sie auch zu Ende bringen.«

»Sie ist zu Ende.«

»Nicht, bevor die Schneider und der Jensen ein Paar sind.«

Auch am nächsten Tag ließ sich Pia nicht dazu bewegen, ihre Meinung zu ändern.

Gut, dann würde ich den Rest eben im Alleingang erledigen. In der großen Pause ging ich in die Turnhalle, um nach Jensen zu suchen.

Ich fand ihn im Geräteraum, wo er Bälle sortierte.

»Hallo, Herr Jensen! Ich muss was mit Ihnen besprechen.«

»Bist du in meinem Unterricht?«

»Nein.«

»Worum geht es?«

»Ich denke, Sie sollten unbedingt am Samstag zu dem Wissenschaftsfestival gehen.«

»Bitte?« Er war etwas verblüfft. »Wieso das denn?«

»Weil …« Ich überlegte. Jensen wirkte eigentlich ganz vernünftig, ich sollte ihm einfach die Sachlage erklären. »Weil Frau Schneider dahin geht.«

»Und was hat das mit mir zu tun?«

»Ich finde, Lehrer sollten in ihrer Freizeit etwas mit anderen Lehrern unternehmen.«

Er sah mich an, als hätte ich Chinesisch gesprochen.

»Damit Frau Schneider da nicht allein hingehen muss?«, schlug ich einen weiteren Grund vor. Vielleicht gefiel ihm der ja besser.

Er ging zögernd auf mein Argument ein. »Frau Schneider geht mit einem Kollegen hin.«

»Ja, aber er ist der Falsche.«

»Der Falsche? Wofür?«

»Für Frau Schneider.«

Er riss die Augen auf und schien nun an meinem Verstand zu zweifeln.

»Wie heißt du?«

»Luna Lichtenstein.« Oder hätte ich ihm besser meinen Namen nicht verraten sollen?

»Also, hör mal zu, Luna Lichtenstein. Ich weiß wirklich nicht, was du willst und wozu wir dieses Gespräch überhaupt führen. Entweder du erklärst mir jetzt mal ein bisschen genauer, worauf du hinauswillst, oder aber, und das wäre vielleicht noch besser: Wir beenden an dieser Stelle unser Gespräch und du gehst.«

Ich hatte mir doch nicht all die Mühe gemacht, um nun aufzugeben. Vielleicht musste ich ihn von Frau Schneiders Qualitäten überzeugen.

»Frau Schneider ist echt supernett und wenn sie sich ein wenig aufbrezelt, würde sie bestimmt auch viel besser aussehen. Wir hatten ja extra eine Zeitschrift mit Frisur-Tipps für sie rausgesucht, aber …«

»Wir?«

Nein, Pia wollte ich da jetzt nicht mit reinziehen, es sah nämlich nicht so aus, als würde es gut ausgehen.

»Ich«, korrigierte ich. »Das mit der Zeitschrift hatte Frau Schneider nur leider falsch verstanden, aber das haben wir … habe ich ja dann in dem Brief von Ihnen wieder geklärt.«

»In welchem Brief von mir?«

»Den ich ihr geschrieben hatte.«

Jensen fiel aus allen Wolken. »Du hast in *meinem* Namen Frau Schneider einen Brief geschrieben?«

»Einen Entschuldungsbrief. Und in Frau Schneiders Namen einen Brief an Sie, in dem sie Sie bittet, zum Wissenschaftsfestival zu kommen. Aber den haben Sie ja an Herrn Bolte weitergereicht und …«

»Das glaub ich ja jetzt nicht!«, rief er. Er wirkte ziemlich empört und echt sauer.

»Ich sag das ja nur, weil Frau Schneider doch lieber mit Ihnen dahin gehen möchte.«

»Wie kommst du denn auf die Idee?«

»Sie sehen wesentlich besser aus als der Bolte.«

Er schnappte nach Luft. »Du schreibst Briefe im Namen anderer Leute und verteilst die? Was ist los mit dir?«, fauchte er.

»Hören Sie, es war nur gut gemeint«, versuchte ich ihn zu beruhigen.

»Gut gemeinte falsche Briefe? Unterschriftenfälschung ist eine Straftat.«

»Ich hab die nicht unterschrieben. War alles getippt.«

Er sah mich an und schüttelte den Kopf. »Du bist dir keiner Schuld bewusst, oder? Hältst das für normal, was du getan hast?«

»Wie schon gesagt, ich wollte nur nett sein.« Ich versuchte ein freundliches Lächeln. »Amor spielen sozusagen.«

Von wegen, es sei immer am besten, die Wahrheit zu sagen. Jensen nahm die Wahrheit ganz und gar nicht gut auf.

Nun hatte er theatralisch seine Hand auf die Stirn gelegt und zog ein völlig entgeistertes Gesicht. Er schien eine kleine Drama Queen zu sein. Vielleicht war er doch kein passender Mann für Frau Schneider.

»Na gut, dann vergessen wir die Sache halt«, meinte ich und wollte gehen.

»Nein!«, rief er. »Nein, nein, nein. Wir vergessen gar nichts. Wir überlegen uns jetzt eine Strafe für dich.«

Nun war ich empört. »Aber wieso denn? Ich wollte doch bloß helfen!«

»Helfen?«, fragte er ungläubig.

Ich nickte eifrig. Er sah mich sehr lange und irgendwie sehr böse an. Dann kniff er die Augen zu schmalen Schlitzen zusammen, betrachtete mich weiterhin und dann wurde er etwas ruhiger.

»Weißt du was? Ich glaube dir sogar.«

»Das sollten Sie auch, denn ich sag ja die Wahrheit.«

Er nickte, aber wirklich nett oder versöhnlich wirkte er nicht.

»Du hilfst also gern?«, fragte er streng und ein klein wenig eisig.

»Ja. Das ist mein Hobby.«

»Na, das trifft sich prima. Hast du schon von dem Förderunterricht gehört?«

»Ähm, nein.«

»Wir haben hier an unserer Schule eine Aktion gestartet, bei der wir Viertklässlern aus Brennpunktschulen … du weißt, was eine Brennpunktschule ist?«

Ich schüttelte den Kopf.

»Schulen, die in sozial benachteiligten Stadtvierteln liegen und an denen die Schüler einen überdurchschnittlich hohen Migrationshintergrund haben …« Er brach ab, da er mein etwas ratloses Gesicht wahrgenommen hatte. »Schulen in armen Gegenden, an denen die meisten Schüler Ausländer sind, die kaum Deutsch sprechen können. Die Lehrer an diesen Schulen müssen sich mit sehr vielen Problemen herumschlagen, die nichts mit dem eigentlichen Unterricht zu tun haben. Sie haben deshalb kaum Zeit, die begabten Schüler zu fördern. Diese Schüler haben dadurch sehr schlechte Chancen, ein Gymnasium zu besuchen, obwohl sie leistungsmäßig dazu in der Lage wären. Und da kommen wir ins Spiel. Wir haben eine Partnerschaft mit einer dieser Schulen. Sie schicken uns Kinder hierher, mit denen unsere Schüler lernen, vor allem Deutsch, aber auch Hausaufgaben machen, für Klassenarbeiten üben und so weiter. Jeder unserer Schüler hat drei Kinder, die er betreut und der Förderunterricht findet zweimal die Woche nachmittags statt.«

Ich nickte anerkennend.

»Tolle Sache«, lobte ich ihn. Aber wieso redeten wir jetzt über Schulpolitik?

»Normalerweise melden sich unsere Schüler freiwillig für dieses Projekt.« Er machte eine Pause und sah mich an. Er erwartete wohl, dass ich etwas sagte.

»Klar«, sagte ich nickend. »Ist ja schließlich in der Freizeit und das zweimal die Woche, das muss man sich gut überlegen.«

Er lächelte. Aber sein Lächeln wirkte wie das einer Schlange, bevor sie eine Maus fraß. Also falls Schlangen lächeln konnten.

»Du hilfst doch so gern …«

Ich wurde misstrauisch. Zögernd sagte ich: »Ja …?«

Sein Lächeln wurde breiter. »Nun, ich würde mich sehr freuen, wenn du dich freiwillig beim Förderunterricht anmelden würdest.«

Ich riss die Augen auf und sah ihn groß an. »Was?«

»Weißt du, da wäre deine Hilfe nämlich an der richtigen Stelle.«

Ich schluckte. Nachmittags auch noch in die Schule gehen? Und das zweimal in der Woche? Och nö!

»Danke für das Angebot, aber …«

»Es war kein Angebot«, stellte er klar. »Es ist ein Deal. Du machst dort mit und dafür vergesse ich deine Aktion mit den gefälschten Briefen und melde es nicht.«

Ich sah ihn böse an. Das war ja Erpressung! Die Schneider sollte sich wirklich einen anderen suchen.

Ich überlegte. Hatte ich eine Wahl? Was würde denn passieren, wenn er es meldete? War das echt so schlimm? Also peinlich wäre es auf alle Fälle. Meine Mutter würde mir einen langen Vortrag halten. Aber hey, das würde ich verkraften.

»Luna, du würdest etwas Gutes tun«, sagte er nun in einem fast freundlichen Ton.

Ich horchte auf. Etwas Gutes tun. Hm. Das ist doch eigentlich immer mein Ziel: Leuten helfen. Interessant, dass man das auch offiziell tun kann. Das erspart einem eine Menge Ärger und Missverständnisse.

Ich nickte. »Okay.«

»Nach einer Weile wird es dir auch Spaß machen, da bin ich ganz sicher. Aber etwas musst du mir versprechen: So einen Blödsinn machst du nicht mehr. Du hast Gott sei Dank keinen Schaden angerichtet, aber so etwas tut man einfach nicht. Auch nicht, wenn man es gut meint. Okay?«

»Alles klar. Keine Briefe mehr im Namen anderer Leute schreiben.«

»Vielleicht musst du das auch auf andere Dinge erweitern … das weiß ich nicht so genau.«

»Ich bleib erst mal dabei, keine Briefe mehr im Namen anderer zu schreiben.« Auf mehr wollte ich mich nicht festlegen, man wusste ja nie …

Als ich wieder auf den Schulhof ging, suchte Pia bereits nach mir.

»Wo warst du?«

»In der Turnhalle.«

Sie sah mich erschrocken an. »Du hast doch nicht etwa …?«

Ich schwieg.

»Oh mein Gott! Du hast! Du hast mit Jensen geredet und irgendwas ging schief!«

Ja, Pia kannte mich sehr gut. Ich zuckte mit den Schultern.

»Kriegen wir Ärger?«

»Nein. Du sowieso nicht. Ich hab nicht gesagt, dass du da mitgemacht hast.«

»Aber wieso denn nicht?«

»Was hilft es denn, wenn ich sage, dass du dabei warst? Dann kriegst du auch Ärger und da hab ich ja nichts von.«

Sie sah mich dankbar an. »Also, das ist echt groß von dir. Und was passiert jetzt?«

»Eigentlich ist es gar nicht so schlimm. Jensen hat mich dazu verdonnert, Förderunterricht zu geben.«

»Für die Kinder aus den Problem-Schulen?«

»Wieso weißt du davon?«

»Es gab einen Rundbrief an die Eltern. Und ein Anmeldeformular, falls man mitmachen will.«

»Ach je, darum ging es auf dem Wisch? Der ist noch in meiner Schultasche. Hab ganz vergessen, ihn zu Hause abzugeben.«

»Du solltest wirklich mal von Zeit zu Zeit deine Tasche ausmisten.«

»Dann find ich nichts mehr. So hab ich immer alles dabei.«

Pia lachte. »Merkwürdige Theorie. Aber egal. Also, du machst da jetzt mit?«

»Ja, ich melde mich am besten gleich schon mal an. Ich muss ins Sekretariat.«

Als ich mir ein Formular geben ließ, wollte Pia auch eins.

»Wieso?«, fragte ich.

»Na hör mal: mitgegangen, mitgefangen, mitgehangen. Auch wenn sie mich nicht erwischt haben. Ich erteile mir meine Strafe sozusagen selbst.«

»Danke. Aber ist echt nicht nötig.«

Sie grinste und sagte: »Ich lass dich da besser nicht alleine hin. Wer weißt, was du dort anstellst.«

Pia war wirklich eine tolle Freundin!

Unsere Anmeldung für den Förderunterricht wurde sehr wohlwollend aufgenommen. Damit hatten wir echte Pluspunkte gemacht. Nächste Woche sollten wir Einzelheiten erfahren und vor allem, wann es für uns losgehen würde.

Kapitel neun

Heute war meine Mutter zum Mittagessen zu Hause. Alle saßen bereits am Tisch. Als ich kam, servierte mein Vater das Essen.

Meine Mutter hatte Paul im Verhör. Offensichtlich hatte er sich einiges zuschulden kommen lassen, denn meine Mutter hielt einen Brief von der Schule in der Hand, in dem seine Vergehen aufgeführt waren.

»Und wieso hast du Physik geschwänzt?«, fragte sie streng.

»Hast du eine Ahnung, wie langweilig Physik ist?«

»Physik ist nicht langweilig, die Erforschung von Naturgesetzen durch Experimente ist eine spannende Sache!« Meine Mutter drehte sich zu meinem Vater. »Frank, sag doch auch mal was!«

»Chemie ist, wenn es rauscht und stinkt. Physik, wenn kein Versuch gelingt.«

»Das ist nicht hilfreich.«

»Das haben wir früher immer gesagt, ich fand's lustig.«

Paul nickte. »Es ist lustig.«

Mein Vater sah meine Mutter triumphierend an.

Sie warf ihm einen bösen Blick zu. »Ich versuche deinem Sohn zu erklären, dass Physik ein wesentlicher Bestandteil in unserem täglichen Leben ist, dass es unglaublich vielfältig und aufregend und keine trockene Wissenschaft ist.«

»Schick ihn doch am Wochenende zum Wissenschaftsfestival«, riet ich.

»Was ist das?«

»Das Technik-Museum veranstaltet das. Da geht es um physikalische Experimente, die Kindern Spaß an Physik vermitteln sollen.«

Meine Mutter war beeindruckt. »Das ist eine tolle Idee, Luna.« Sie überlegte. »Ich muss Samstag und Sonntag Häuser zeigen, der Laden brummt gerade.« Sie sah meinen Vater an. »Frank?«, fragte sie.

Er machte ein entschuldigendes Gesicht. »Wir haben am Wochenende einen Info-Stand auf dem Marktplatz, wegen des Naturschutzgebietes.«

Meine Mutter wandte sich wieder an mich: »Dann geh du doch bitte mit Paul dorthin, Luna.«

Ich wollte spontan Nein rufen, weil ich das immer mache, wenn es was mit Paul zu tun hat, denn Paul ließ sich von mir nichts sagen und war ziemlich frech. Außerdem kannte er meine Tricks und wusste sich zu wehren. Aber dann fiel mir etwas ein und ich nickte.

»Ich hab aber nur am Samstag um 15 Uhr Zeit.«

Dann konnte ich vielleicht die Schneider-Bolte-Verabredung verhindern.

Womöglich war da ja doch noch was zu retten.

Paul warf mir einen ärgerlichen Blick zu. »Bei dir kann man sich auch nicht mehr drauf verlassen, dass du Nein sagst!« Zu meiner Mutter sagte er: »Ich geh da lieber allein hin.«

Meine Mutter schüttelte energisch den Kopf. »Nein. Ich will sichergehen, dass du dort wirklich auftauchst. Luna wird dich begleiten.«

»Wieso traust du mir nicht?«, beschwerte er sich.

»Ich hatte eben einen Brief in der Hand, aus dem hervorgeht, dass du es nicht mal wichtig findest, regelmäßig zum Unterricht zu erscheinen! Und da erwartest du von mir, dass ich dir glauben soll, dass du zu diesem Museum gehst?«

Paul sah meine Mutter leidend an. »Du weißt, dass es meist schiefgeht, wenn man mit Luna unterwegs ist. Sie bringt mich immer in Schwierigkeiten.«

»Aber doch nicht auf einer Physik-Ausstellung.«

»Tzz«, machte Paul. Aber für meine Mutter war das Thema nun erledigt.

Dann war ich dran.

Sie drehte sich zu mir und fragte: »Und was gibt es bei dir Neues in der Schule?«

»Nichts.«

»Nichts? Luna du wirst doch irgendetwas zu berichten haben.«

Wenn sie schon mal mittags zu Hause war, wollte meine

Mutter auch am Schulleben teilhaben. Sie stellte immer solche Fragen.

Mein Vater murmelte, wenn wir von der Schule kamen, nur: »Na, alles gut?« Wir nickten und damit war die Sache erledigt. Nicht so meine Mutter. Sie würde nicht aufgeben, bis ich ihr irgendetwas erzählte.

Sie sagte: »Ich habe Frau Kranz beim Bäcker getroffen, sie hat gesagt, ihr habt einen neuen Sportlehrer?«

War das jetzt eine Frage? Musste ich dazu etwas sagen? Glaubte sie Frau Kranz nicht? Frau Kranz war unsere Musiklehrerin. Und wieso fragte meine Mutter mich ausgerechnet heute nach dem Sportlehrer? Ich schluckte kurz. Jensen hatte versprochen, aus meiner Briefaktion keinen großen Deal zu machen. Ob er es im Lehrerzimmer weitererzählt hat, so als Lachnummer? Frau Kranz hat die Story gehört und es meiner Mutter erzählt? Dann fiel mir ein, dass ich ja meinem Vater angekündigt hatte, mich um das Liebesleben von Frau Schneider kümmern zu wollen. Hm. Ich könnte ganz locker und fröhlich, so haha-mäßig, von der lustigen Brief- und Amor-Aktion erzählen. Und bevor meine Eltern meckern würden, könnte ich sagen, dass der Jensen mir schon einen Vortrag gehalten hat und mich zur Strafe zum Förderunterricht geschickt hat. Dann würden sie die Sache vielleicht auf sich beruhen lassen.

Nein, ich werde es andersherum erzählen. Ich fange mit dem Förderunterricht an und erzähle dann erst, wie es dazu kam. So nach dem Motto: Erst mal die gute Nachricht.

»Ich hab mich heute für den Förderunterricht angemeldet.«

Meine Mutter klang etwas erschrocken: »Hast du eine Arbeit verhauen?«

»Nein.«

»In welchem Fach bekommst du Nachhilfe?«

»Keine Nachhilfe, Förderunterricht!«

»Das ist nur ein eleganteres Wort für Nachhilfe. Also?«

Mein Vater versuchte sie zu beruhigen: »Sonja, das ist doch kein Drama. Alle haben irgendwann mal Probleme in der Schule. Ist doch gut, dass sich Luna ganz von allein darum kümmert.« Er sah mich freundlich an. »Ich finde das prima. Lern fleißig, gib dir Mühe, bestimmt hast du in ein paar Wochen alles aufgeholt. Und dann bekommst du auch wieder bessere Noten.«

»Sie hat immer noch nicht gesagt, in welchem Fach«, fing meine Mutter nun wieder an. »Es liegt bestimmt nur daran, dass sie sich so leicht ablenken lässt. Immer hat sie hunderttausend andere Dinge im Kopf.«

»Na komm, so schlecht sind ihre Noten doch auch nicht. Sie ist eine stabile Dreier-Schülerin.«

Ich stöhnte. »Ich bekomme keinen Förderunterricht – ich gebe ihn.«

»Wie jetzt?«

»Ich unterrichte!«

Irgendwie schienen meine Eltern nun noch beunruhigter.

»Waas?«

»Du unterrichtest?«

»Das kann doch nicht wahr sein!«

»Du?«

Sie überboten sich regelrecht im Erstaunen und in Ungläubigkeit.

»Wieso traut ihr mir das nicht zu?«

Meine Mutter antwortete: »Na ja, du bist, sagen wir mal, eine mittelmäßige Schülerin, gehst nicht besonders gerne zur Schule und hasst es, Hausaufgaben zu machen. Deshalb kann ich mir nicht vorstellen, dass du freiwillig unterrichten willst. Und wen? Und was?«

Dann fiel mir der Rundbrief ein. »Moment mal, bevor ich hier lange erkläre und mich rechtfertige, geb ich es euch schriftlich.«

Ich kramte den Brief aus meiner Tasche hervor und legte ihn auf den Tisch. Der würde beweisen, dass ich nicht fantasierte. Meine Eltern lasen ihn aufmerksam durch und waren sehr beeindruckt.

»Das ist mal eine sinnvolle Aktion«, lobte meine Mutter die Schule. Und dann sah sie mich mit glänzenden Augen an. »Und du hast dich dafür gemeldet? Ich bin sehr stolz auf dich, Luna.«

Ich glaube, jetzt war nicht der Zeitpunkt zu erzählen, wie es dazu gekommen war. Das Lob meiner Eltern war mir ausgesprochen unangenehm.

Mein Vater war Feuer und Flamme: »Ich werde darüber einen Artikel schreiben. Das ist eine wirklich nachahmenswerte Aktion. Das sollten andere Schulen auch machen. Mit wem rede ich da am besten? Wer leitet die Aktion denn? Wer hat sie ins Leben gerufen?« Der Journalist in meinem Vater ging mit ihm durch.

Ich seufzte unhörbar. Ich hätte, als meine Mutter gefragt hatte, was es in der Schule Neues gab, bei meiner ersten Antwort bleiben sollen: nichts.

Mein kleiner Bruder sah mich ausgesprochen misstrauisch an und fragte: »Was hast du angestellt?«

»Wie kommst du darauf, dass ich was angestellt habe?«, fragte ich zurück. Ich vermied es, zu lügen und hatte eine Technik entwickelt, mich um die Wahrheit herumzureden.

»Du gehst doch nie im Leben freiwillig auch noch nachmittags in die Schule. Da steckt doch was anderes dahinter!«

»Paul!«, rügten meine Eltern gleichzeitig ihren vorlauten Sohn.

»Und jetzt essen wir und es wird nur noch über Erfreuliches gesprochen«, sagte meine Mutter.

Auch so eine Macke meiner Mutter, während des Essens sollten keine Probleme besprochen werden. Entsprechend verfielen alle in Schweigen. Offensichtlich hatte niemand etwas *Erfreuliches* zu erzählen.

Ich grinste ein wenig schadenfroh und wollte gerade eine Bemerkung machen, da klingelte mein Smartphone. Ich zuckte ertappt zusammen, am Tisch war ja kein Handy erlaubt. Meine Mutter sah mich streng an und deutete wortlos in Richtung Küche. Dort mussten wir alle unsere Handys ablegen, bevor wir uns zum Essen setzten.

Ich bot an: »Ich lass es einfach klingeln, okay?«

»Leg es in die Küche. Ich will auch kein Klingeln hören.«

Genervt stöhnte ich, stand auf und legte mein Telefon zu den anderen Handys auf den Küchentresen. Pia hatte angerufen, war aber nicht so wichtig, denn ich würde nach dem Essen sowieso zu ihr gehen.

Als ich zurück ins Esszimmer kam, hatte meine Mutter ein Thema gefunden: Urlaubsplanung. Das nahm die gesamte Zeit während des Essens ein.

Als ich fertig gegessen hatte, fragte ich: »Kann ich aufstehen? Ich muss zu Pia.«

Meine Mutter nickte.

»Ich sollte auch gleich weiter. Heute hab ich nur Außentermine und muss einige Häuser zeigen. Aber wenigstens konnten wir gemeinsam zu Mittag essen.«

Ich lief in die Küche, schnappte mir mein Handy und huschte dann zur Terrassentür raus.

Leise hörte ich noch, wie meine Mutter mir hinterherrief: »Nicht durch Frau Berghofs Garten!«

Das trieb mich zur Eile an, ich sauste durch die Büsche und – prallte auf Frau Berghof.

»Hoppla!«, rief ich.

Frau Berghof war nicht im Mindesten aus der Balance, sie stand da wie ein Fels, während ich taumelte.

Der Fels sah mich böse von oben an. »Hoppla? Ist das Jugendsprache für *Entschuldigen Sie bitte?*«

»Ja, nein, also …«

Sie kniff abwartend die Augen zusammen.

»Entschuldigen Sie bitte«, sagte ich brav.

»Nein, ich entschuldige es nicht.«

Wieso wollte sie eine Entschuldigung, wenn sie sie nicht annahm?

»Ist das hier euer Garten?«

»Nein.«

»Und wieso bist du dann hier?«

»Ich wollte …«

»Wieder durch meinen Garten abkürzen, auf dem Weg zu deiner Freundin?«

Was für eine Antwort erwartete sie darauf? Das war doch klar.

Aber dann dachte ich: Hey, wieso überrasche ich sie nicht mal?

Ich lächelte. »Nein. Ich wollte zu Ihnen.«

»Zu mir?«

»Ja.«

»Nun gut. Dann klingle bitte an meiner Haustür. Ich empfange im Garten keinen Besuch.«

Ich sah sie groß an. »Wie jetzt?«

Sie zog eine Augenbraue in die Höhe und blickte mich herausfordernd an.

»Oder wolltest du gar nicht zu mir?«

Wenn sie glaubte, dass ich nachgeben würde, hatte sie sich geirrt.

»Nein, ich wollte zu Ihnen.«

Sie war wohl ein klein wenig beeindruckt von meiner Beharrlichkeit. Dann meinte sie sehr kühl: »Gut, dann geh bitte außen rum und komm zu meiner Haustür.«

Mist! Ich musste das jetzt wohl durchziehen. Alles klar. Ich ging also wieder ins Haus.

»Was machst du denn hier?«, wunderte sich meine Mutter.

Ich sagte sehr artig: »Du hast doch darum gebeten, dass ich nicht durch Frau Berghofs Garten abkürzen soll.«

»Das ist aber schon ein paar Minuten her.«

»Ich musste erst mal darüber nachdenken. Und ich bin zu dem Schluss gekommen, dass du recht hast.«

Das nahm mir meine Mutter nun nicht ab. »Frau Berghof ist in ihrem Garten«, erriet sie.

Ich nickte. Sie schüttelte den Kopf und seufzte.

»Brauchst du noch Flugblätter?«, fragte mein Vater.

»Nein, danke«, sagte ich und ging zur Haustür. Doch dann drehte ich um und sagte: »Ja! Eins bitte.«

Mein Vater drückte mir einen Schwung in die Hand. »Nimm gleich ein paar mehr.«

Ich eilte zu Frau Berghofs Haustür und klingelte. Sie öffnete prompt.

»Sieh mal an, du kommst tatsächlich.«

»Natürlich«, flötete ich, überreichte ihr ein Flugblatt der

Bürgerinitiative und sagte triumphierend: »Das wollte ich Ihnen geben.«

Nun war sie aus dem Konzept. Sie betrachtete erst das Flugblatt, dann mich, murmelte: »Na, da hast du dich ja ganz geschickt aus der Affäre gezogen«, und schloss die Tür wieder.

Hach! Gewonnen!

Dann hüpfte ich fröhlich zu Pia.

Kapitel zehn

Pia wollte sich auf die Terrasse setzen, doch ich winkte wortlos ab, schloss die Terrassentür und zog sie ins Wohnzimmer.

»Was ist los?«

»Es geht um Frau Berghof, ich will nicht, dass sie uns hört.«

»Gibt es Ärger?«

»Nein.« Ich kicherte: »Eins zu null für uns!«, und erzählte ihr, was passiert war. Pia ließ mich die Berghof-Begegnung gleich zweimal schildern, so viel Spaß hatte sie daran, und sie gratulierte mir zu meiner Geistesgegenwart. Ich sonnte mich in ihrer Bewunderung.

Mein Handy klingelte und ich ging dran.

»Hallo, Frau Lichtenstein, Meierhof hier. Der Chef hat mich gebeten, Ihnen gleich mal ein paar Unterlagen zu schicken. Es geht um die Vermietung von den Bürogebäuden im Birkengrund. Wir haben gerade den Auftrag vom Bauträger bekommen. Sie sollen das übernehmen. Ist ein bisschen heikel, aber dafür bekommen Sie bei Abschlüssen Sonderprämien. Alle Einzelheiten entnehmen Sie den Unterlagen. Und bitte erst mal vertraulich behandeln, es ist noch nicht offiziell.«

Ich sagte verdattert: »Okay«, und sie legte auf.

»Wer war das?«, fragte Pia.

»Frau Meierhof, die Sekretärin vom Maklerbüro.«

»Kennst du sie?«

»Ja. Aber sie hat mich noch nie angerufen. Und wieso erzählt sie mir was von Büroräumen und nennt mich Frau Lichtenstein?«

Pia nahm mir das Handy aus der Hand und betrachtete es genauer. »Das ist das Telefon von deiner Mutter.«

»Echt?« Ich ließ es mir zurückgeben. Tatsächlich! Ich hatte mir aus Versehen das Handy meiner Mutter geschnappt. Das kommt von ihrer dämlichen Handy-weglegen-Regel.

Dann sickerten Frau Meierhofs Worte langsam in mein Hirn. Birkengrund? Bürogebäude?

»Ach du meine Güte!«, rief ich entsetzt.

»Was ist?« Pia machte nun auch ein erschrockenes Gesicht, obwohl sie noch gar nicht wusste, worum es ging.

Wieder klingelte mein Handy. Diesmal schaute ich nach, wer anrief.

Ich hielt Pia irritiert das Telefon entgegen. »Das bin ich. Ich rufe mich gerade selbst an.«

»Ach, du Schaf! Das ist deine Mutter, die ihr Telefon von deinem Handy aus anruft.«

Na klar. Das machte Sinn. Ich nahm den Anruf entgegen.

»Mensch, Luna! Du Schusseltier!«, schimpfte meine Mutter sofort. »Wo bist du?«

»Noch bei Pia.«

»Gott sei Dank. Ich muss dringend los. Lass uns schnell die Handys zurücktauschen.«

Ich lief zur Haustür raus, sie kam mir entgegen, nahm ihr Handy, drückte mir meins in die Hand, schimpfte noch mal und ging.

Pia stand an der Tür, als ich, immer noch völlig geplättet, wieder ins Haus kam.

»Ist doch nicht so schlimm, wenn man mal ein Handy verwechselt. Und jetzt ist alles wieder in Ordnung«, tröstete sie mich.

»Darum geht's nicht. Es geht um den Anruf, der für meine Mutter bestimmt war.«

Pia sah mich abwartend an.

Ich versuchte, meine Gedanken zu sortieren und es Pia zu erklären: »Mein Vater wird ausrasten. Aber vielleicht sagt meine Mutter es ihm gar nicht. Aber er wird es erfahren. Soll ich es ihm vielleicht sagen? Oder ich rede mal mit meiner Mutter ...«

Pia blickte mich nun stirnrunzelnd an.

»So wird das nichts. Versuch mal, in der richtigen Reihenfolge zu erzählen. Am besten beginnst du mit: Alles fing damit an ...«

»Alles fing damit an, dass meine Eltern geheiratet haben«, stöhnte ich.

»Nicht so weit vorn.«

»Also, du weißt doch, dass mein Vater gegen den geplanten Büropark im Birkengrund protestiert. Das war eigentlich ein Naturschutzgebiet, aber irgendwie ist es einem Bauträger gelungen, das auszuhebeln und er hat eine Genehmigung bekommen, dort Bürogebäude hinzubauen.«

Pia nickte. »Die Bürgerinitiative, die dein Vater ins Leben gerufen hat.«

»Genau. Der Bauträger hat jetzt einen Makler beauftragt, Käufer und Mieter für diese neuen Büros zu finden.«

»Aber da steht doch noch gar nichts. Noch ist es nur eine Wiese mit Bäumen.«

»Das machen die immer so, also bei Großprojekten, da werden die Objekte schon verkauft, bevor überhaupt mit dem Bau begonnen wird. Sie drucken Broschüren mit Bildern, wie es später aussehen wird, und die legen die Makler dann den Interessenten vor.«

»Und die Leute kaufen, obwohl noch nichts gebaut ist?«

»Aber hallo. Und die Käufer bekommen, wenn sie sich frühzeitig entscheiden, bessere Konditionen. Bei manchen Projekten ist es auch so, dass, wenn man zu lange wartet, alles schon verkauft ist und man leer ausgeht. Und für den Bauträger hat das den Vorteil, dass er damit die Baukosten finanzieren kann.«

»Du sprichst wie die Tochter einer Maklerin.«

»Bin ich ja auch. Meine Mutter redet so viel über ihren Job, ich könnte da morgen auch anfangen.«

»Und wo ist jetzt das Problem?«

»Rate, wer die Maklerin ist, die sich um den Verkauf und die Vermietung für diesen Büropark kümmern soll!«

Pia sah mich fragend an, dann weiteten sich ihre Augen. »Oh nein!«, rief sie.

»Oh doch!« Ich nickte grimmig.

»Weiß dein Vater es schon?«

»Nein. Und meine Mutter weiß es auch noch nicht. Aber sie kriegt gleich eine Mail mit den Unterlagen.«

»Und dann?«

»Scheidung?«

Pia lachte. »Das ganz sicher nicht, aber ist schon blöd, wenn deine Eltern in verschiedenen Lagern kämpfen.«

Ich nickte. »Das gibt Ärger. Wenn mein Vater hört, dass seine Frau für den Feind arbeitet …«

»Deine Mutter kann doch den Auftrag ablehnen.«

»Aber sie verdient ihr Geld damit. Also unser Geld.«

Seit mein Vater seinen Job verloren hatte, lebten wir von dem Geld, das meine Mutter verdiente. Von den Artikeln, die mein Vater gelegentlich mal bei Zeitungen und Magazinen unterbrachte, konnte er nicht mal eine Mäusefamilie ernähren.

Ich seufzte. »Mein Vater will den Baubeginn verhindern, einen Sitzstreik veranstalten und so, und einen Antrag stellen, dass die Baugenehmigung zurückgenommen wird. Er dreht ziemlich am Rad. Und für meine Mutter wird es so schwerer, die Büros zu verkaufen und zu vermieten, weil die

Leute ja vielleicht davor zurückschrecken, wenn sie annehmen, dass das Projekt wieder gekippt wird.«

»Verstehe.«

»Wir müssen dringend etwas unternehmen.«

»Was denn?«

»Keine Ahnung.«

»Sag mal, wollen wir das vielleicht einfach mal aussitzen und nichts tun? Wir haben doch gerade echt schon genügend Projekte an der Backe?!«

»Ach? Gerade jetzt, wo es um meine Eltern geht?«

»Genau aus dem Grund. Da sollten wir uns vielleicht besser nicht einmischen.«

»Wieso?«

»Hast du denn dazu eine Meinung?«

»Warum brauche ich dazu eine Meinung?«

»Wir müssen doch wissen, auf welcher Seite wir stehen!«

»Ach so. Hm. Na ja, also ich bin grundsätzlich dagegen, dass man den Naturschutz für bestimmte Gelände aufhebt, um darauf zu bauen. Da bin ich eindeutig auf der Seite meines Vaters.«

Pia nickte. »Ich auch.«

Wir grübelten eine Weile vor uns hin, dann meinte Pia: »Wir sollten mal rauskriegen, ob dein Vater überhaupt eine Chance hat mit seiner Bürgerinitiative.«

»Und wenn nicht? Dann lassen wir's? Man kann doch nicht immer nur auf der Seite des Siegers kämpfen.«

»Aber vielleicht auf der Seite desjenigen, der die Brötchen nach Hause bringt?«

Ich schaute auf die Uhr, wir mussten uns jetzt auf den Weg zum Seniorenheim machen.

»Lass uns erst mal abwarten, wie meine Eltern reagieren, wenn die Bombe platzt. Dann sehen wir weiter.«

Kapitel elf

Pia und ich warteten vor dem Altersheim auf Frau Feldmann. Mein Plan war es, sie abzufangen, bevor sie in den Park ging, denn dort war sie immer von den Hunden abgelenkt und ich wollte ihre volle Aufmerksamkeit. Schließlich musste ich langsam mal zu Potte kommen mit meinem Vorhaben. Es war nicht so leicht gewesen, Pia dazu zu bringen, mitzukommen, denn nach dem Debakel mit Jensen hatte sie größte Bedenken, dass wir wegen der Großmutter-Nummer auch wieder Ärger bekommen würden. Am liebsten hätte sie die ganze Aktion abgeblasen. Aber ich sah da keine Gefahr. Wer sollte denn deshalb Stress machen? Wenn die Frau freiwillig Pias Oma spielen würde, war das in Ordnung. Und außerdem schadeten wir doch niemandem.

Pia erklärte sich dann bereit, Frau Feldmann zumindest einmal kennenzulernen.

Ich hielt Ausschau nach ihr, als mich eine Frau ansprach: »Hallo! Was machst du denn hier?«

Ich sah sie groß an. Wer war sie?

Sie lachte. »Sag nur, du erkennst mich nicht?«

Ich starrte sie an und mein Mund blieb vor Staunen offen. Es war Frau Feldmann. Aber in jung. Was war passiert?

»Ich habe einen neuen Haarschnitt und ich habe mir die Haare färben lassen.«

Tatsächlich. Statt mausigem Graubraun hatten ihre Haare nun einen hellen Haselnusston und der Kurzhaarschnitt war super. Sie sah gar nicht mehr nach Oma aus.

»Das glaub ich ja jetzt nicht!«, rief ich erschüttert. Ich drehte mich zu Pia und sagte so leise wie möglich: »Das ist sie. Aber ich schwöre dir, sie sah alt aus, als ich sie ausgesucht hatte. Das mit den Haaren ist jetzt echt Panne.«

Ich wandte mich vorwurfsvoll an Frau Feldmann: »Aber Sie sehen ja jetzt superjung aus!«

Sie freute sich. »Ich war auch sehr überrascht, wie viel die Haarfarbe und ein neuer Schnitt doch ausmachen.«

»Oh Mann!«, jaulte ich.

Sie strahlte. »Auf die Idee bin ich gekommen, nachdem ich die Zeitschrift gelesen hatte, die du mir gegeben hast. Vielen Dank noch mal.«

Pia starrte mich ungläubig an, zog mich etwas zur Seite und sagte leise, aber dennoch vorwurfsvoll: »Die Zeitschrift für Frau Schneider? Mit den Tipps, wie man jünger aussehen kann? Was war denn das für eine Idee?«

»Missverständnis!«, zischte ich und drehte mich wieder zu Frau Feldmann. Ich hatte wohl einen unglücklichen Gesichtsausdruck, denn sie fragte etwas besorgt: »Was ist denn los?« Sie lachte. »Gefällt dir mein neuer Look nicht?«

»Nein!«, jammerte ich und rief ohne nachzudenken: »So nimmt uns nie und nimmer jemand ab, dass Sie Pias Großmutter sind!«

»Ich bin *was?* Und wer ist Pia?«

Ich hielt mir erschrocken die Hand vor den Mund. Ups! Ich sah Pia Hilfe suchend an.

Pia schubste mich leicht und raunte mir zu: »Nun erklär es schon.«

»Nein, das müssen wir sehr viel geschickter anstellen«, flüsterte ich zurück.

Pia schob mich zur Seite und trat auf Frau Feldmann zu: »Ich bin Pia. Und in der Schule haben wir demnächst einen Großelterntag. Da sollen wir unsere Omas und Opas mit in die Schule bringen. Aber ich hab keine Großeltern mehr und da ist Luna auf die Idee gekommen, dass wir jemanden, der im Seniorenheim wohnt, bitten, meine Oma zu spielen.«

Erschrocken sah ich Pia an. Was tat sie denn da? Sie gab ja den ganzen Plan preis!

»Wenn man mit dem Rücken an der Wand steht, hilft nur noch die Wahrheit«, raunte sie mir zu.

»Und wieso seid ihr bei der Suche nach einer Oma auf mich gekommen?«, fragte Frau Feldmann äußerst irritiert.

»Na, weil Sie ja hier im Seniorenheim wohnen.«

Sie blickte mich nun noch verwunderter an, doch dann dämmerte es ihr. »*Ich* wohne nicht hier, sondern meine Mutter. Ich hole sie immer mittags zum Essen ab und dann bringe ich sie wieder zurück ins Heim.«

Es dauerte bei mir ein wenig, bis der Inhalt ihrer Worte einsickerte.

»Ist nicht wahr!«, stöhnte ich. »Das ist ja jetzt echt superpeinlich!«

Sie grinste. »Du hast Schwierigkeiten, bei Leuten über zwanzig das Alter abzuschätzen, nicht wahr?«

»Scheint so. Sind Sie sauer?«

»Nein.«

Pia zog mich am Ärmel und sagte zu Frau Feldmann: »Also, entschuldigen Sie bitte das Missverständnis, wir gehen dann mal wieder.«

Ich war einfach nur verwirrt und ließ mich mitziehen.

»Halt, wartet mal«, rief Frau Feldmann. Wir blieben stehen und sie kam zu uns. »Pias Problem ist ja nun immer noch nicht gelöst. Habt ihr denn eine Alternative?«

»Nein. War eh eine dumme Idee«, winkte Pia ab.

Bevor ich reklamieren konnte, sagte Frau Feldmann: »Das würde ich nicht sagen, es klingt sehr kreativ. Was müsste so eine Oma denn in der Schule tun?«

Wollte sie die Rolle doch übernehmen?

Ich schüttelte den Kopf. »Sorry, Sie sehen zu jung aus. Sie kommen leider nicht mehr infrage.«

Sie lachte. »Ich nehme das jetzt mal als Kompliment. Habt ihr Lust auf ein Stück Kuchen? Ich lade euch ins *Café am Park* ein.«

»Geht nicht, wir müssen jetzt erst mal hier beim Altersheim bleiben und eine neue Oma für Pia suchen.«

»Ich würde lieber Kuchen essen«, meinte Pia.

»Und was ist mit der Oma?«, warf ich ein.

»Darüber können wir uns ja im Café Gedanken machen«, sagte Frau Feldmann fröhlich und winkte uns hinter sich her.

Nachdem wir Kuchen bestellt hatten, wartete ich darauf, dass sie nun das Gespräch auf Pias Oma bringen würde. Aber erst mal erzählte sie, dass sie meinen Vater sehr nett fand und ihn für sein Engagement bewunderte. Ich war etwas verwirrt, woher kannte sie ihn?

Sie sah mir an, dass ich mich wunderte, und sagte: »Ich war bei euch zu Hause. Du hattest mir doch diesen Zettel von der Bürgerinitiative gegeben und ich bin dann mit Herrn Karsten zum Treffen gegangen.«

Ich erinnerte mich. »Der Mann mit dem Dalmatiner.«

»Ja.«

»Gefällt er Ihnen?«

Sie wurde etwas verlegen. »Ich weiß nicht. Dafür kenne ich ihn noch nicht gut genug.«

»Ich finde, er sieht echt süß aus.«

»Süß?« Sie sah mich groß an.

»Wobei ich kuscheliges Fell bevorzuge.«

Sie nickte erleichtert. »Ach, du meinst den Hund. Mir ist das Fell eigentlich egal. Ich mag jede Rasse. Ich hätte so gern einen Hund.«

Pia fragte: »Und wieso haben Sie keinen?«

»Mein Vermieter erlaubt keine Haustiere.«

»Ach, das ist schade«, meinte Pia mitfühlend.

»Ja, finde ich auch«, seufzte Frau Feldmann aus tiefstem Herzen.

»Ich kann mich da ja mal drum kümmern«, bot ich sofort an und zog mein Handy aus der Tasche, um mir eine Notiz zu machen.

»Worum kümmern?«

»Ich rede mit Ihrem Vermieter.«

Frau Feldmann sah mich verblüfft an und war zunächst etwas sprachlos. Dann fragte sie ungläubig: »Du willst mit meinem Vermieter reden?«

»Ja.«

»Aber das geht doch nicht!«

»Wieso denn nicht? Ich löse für mein Leben gern Probleme.«

Sie lachte. »Das ist schön, aber in diesem Fall … also, sagen wir mal so: Ich möchte das nicht. Aber vielen Dank für dein Angebot.«

Ich hatte mein Handy jedoch bereits gezückt und meine To-do-Liste aufgerufen, um ein Gespräch mit Frau Feldmanns Vermieter zu notieren, da fiel mein Blick auf den Eintrag: *Tierheim – Helfer suchen.*

»Ich hab die Lösung für Ihr Problem!«, rief ich begeistert.

»Ach ja?«

»Das Tierheim sucht freiwillige Helfer. Da gibt es jede Menge Hunde. Um die könnten Sie sich doch kümmern.«

Sie dachte einen Moment nach und sagte dann: »Also, das ist wirklich eine gute Idee. Ich arbeite nur vormittags und seit meiner Scheidung lebe ich allein und hab genug Zeit.«

»Na prima. Sie organisieren das? Oder soll ich …?«

»Nein, danke. Ich mach das selbst.«

»Gut, dann kann ich diesen Punkt auf meiner Liste abhaken.«

»Was für eine Liste führst du denn da?«

»Ich schreibe mir Dinge auf, um die ich mich kümmern muss. Es gibt so viel zu tun, da verliert man leicht den Überblick.«

Sie lachte. »Ich hoffe da steht auch *Hausaufgaben machen* drauf.«

»Hat mein Vater was gesagt?«, fragte ich misstrauisch.

»Nein! Aber ich denke mal, das ist doch etwas, was man auch nicht vergessen sollte.«

Es war mir nicht so ganz klar, was sie damit sagen wollte. Sicherheitshalber sollte ich wohl darauf eingehen. »Zu Ihrer Beruhigung: Es steht drauf. Ganz oben.« Nur leider beachteten Pia und ich das nie rechtzeitig und erledigten die Hausaufgaben meist frühmorgens oder in den Pausen.

Frau Feldmann sah auf die Uhr. »Ich muss jetzt los, ich bin mit Herrn Karsten verabredet. Ich bezahle schon mal, ihr könnt ja noch sitzen bleiben.«

Sie stand auf und wollte zum Tresen gehen.

»Was ist denn jetzt mit Pias Oma?«, rief ich.

Sie stoppte. »Ach so, ja, richtig. Was haltet ihr davon, wenn ich meine Mutter frage, ob sie Lust hat, Pias Oma zu spielen?«

»Echt? Das würden Sie tun?«

Sie wandte sich an Pia. »Es geht doch nur darum, dass du nicht allein auftauchst, oder? Also es werden keine besonderen Anforderungen an die Großeltern gestellt?«

»Ich denke nicht.«

»Wenn du einfach nur auf jemanden zeigen und sagen willst: *Das ist meine Oma*, wird das schon funktionieren. Meine Mutter ist ein wenig zerstreut und ihr Gedächtnis ist auch nicht mehr das beste, aber sie freut sich bestimmt über einen Ausflug.«

Ich war irgendwie nicht so überzeugt. Allerdings war es ein nettes Angebot von ihr.

»Können wir Ihre Mutter vorher mal ausprobieren?«

Sie schien etwas verwundert.

Ich korrigierte mich: »Also, nicht ausprobieren – ich meinte, können wir mal eine Generalprobe machen?«

Da musste Frau Feldmann lachen. »Ja. Sagt einfach Bescheid. Ihr wisst ja, wo ihr mich findet.«

»Immer um drei Uhr beim Seniorenheim.«

Frau Feldmann nickte, winkte noch einmal kurz und ging.

Ich sah ihr hinterher. »Schade. Sie wäre eine prima Oma gewesen. Zu dumm, dass sie jetzt so jung aussieht.«

»Ach, vergessen wir doch die Sache einfach.«

»Nein. Wir probieren es mit ihrer Mutter. Alles läuft wie geplant, wir laden ein paar Mädels aus unserer Klasse ein und …«

»Und wenn's nicht klappt, sagen wir was? *Ach nee, das ist doch nicht meine Oma?*«

In diesem Punkt musste ich Pia recht geben. »Stimmt. Es sollte jemand sein, der nichts mit der Schule zu tun hat. Falls es schiefgeht.«

»Und wer?«

»Weiß ich noch nicht. Aber mir fällt bestimmt jemand ein.«

Kapitel zwölf

Sehr nervös setzte ich mich zum Abendessen an den Tisch. Ich beobachtete meine Eltern angespannt.

Hing der Haussegen schon schief? Hatte meine Mutter meinem Vater bereits gebeichtet, dass sie im feindlichen Lager steht? Offensichtlich nicht.

Mein Vater erzählte enthusiastisch und ausführlich von seinen geplanten Aktionen gegen den Bau des Büroparks. Meine Mutter sagte nichts. Sie war auffallend schweigsam. Aha. Sie hatte wohl ein schlechtes Gewissen. Sollte sie ihm jetzt nicht mal von ihrem neuen Auftrag erzählen? Wieso ließ sie ihn blind ins Verderben laufen? Sie wusste doch, dass er keine Chance hatte.

Um ihr den Weg für ein Geständnis zu ebnen, fragte ich: »Wie stehen denn die Chancen, dass der Bau noch gestoppt werden kann?«

»Noch steht da nichts«, sagte mein Vater.

Meine Mutter schwieg eisern.

»Aber wenn das Grundstück schon verkauft ist, könnt ihr doch nichts mehr daran ändern.«

»Wenn wir es nicht versuchen, werden wir es nicht erfahren.«

»Ich könnte mir vorstellen, dass da schon längst Baupläne existieren.«

Das war doch nun wirklich eine Steilvorlage für meine Mutter. Ich schielte zu ihr rüber, doch sie blickte nur stumm auf ihren Teller.

Wieso sagte sie ihm nicht, dass sie für das Projekt bereits engagiert worden war? Dass seine Mühe vergeblich war, weil alles schon längst entschieden war. Das zumindest sollte mein Vater wissen, fand ich. Oder durfte sie noch nicht darüber reden? Frau Meierhof hatte ja was von *vertraulich* gesagt.

Dann hatte ich einen anderen Gedanken: Ob es wohl ein Problem für meine Mutter darstellen würde, wenn ihr Chef erfahren würde, dass der Ehemann seiner Angestellten so heftig gegen eines seiner Objekte protestierte und es verhindern wollte? Konnte das dazu führen, dass sie ihren Job verlor? Und wir verhungern mussten? Keine rosigen Aussichten. Dieser Gedanke gefiel mir ganz und gar nicht. Die Sache war wirklich sehr heikel. War das den beteiligten Erwachsenen hier im Raum nicht klar? Also in diesem Fall meiner Mutter, denn mein Vater war ja ahnungslos wie ein Hundewelpe.

Was sollte ich tun? Ich musste Pia um Rat fragen. Aber das ging erst nach dem Essen. Also sollten wir das vorerst auf sich beruhen lassen.

»Paul hat heute in der Schule den Feuermelder ausgelöst«, verkündete ich dann.

Meine Mutter sah alarmiert auf, mein Vater verbiss sich ein Grinsen.

Paul sah mich groß an. »Was hab ich dir getan?«

»Ich wollte das Thema wechseln«, sagte ich wahrheitsgetreu.

»Dann erzähl doch von deinen eigenen Schandtaten!«

»Ich hab nichts angestellt.«

»Und bei mir war es ein Versehen.« Paul wandte sich an meine Mutter und setzte zu einer Erklärung an.

Sie winkte ab und seufzte. »Ich denke, ich erfahre alle Einzelheiten darüber in einem Brief, den die Schule uns demnächst schicken wird. Ich will jetzt nichts Unerfreuliches hören.« Sie setzte zu einem Lächeln an. »Ich hab heute mal ein paar Broschüren aus dem Reisebüro mitgebracht. Wir haben immer noch nicht entschieden, wo wir hinfahren wollen.«

Urlaub. Das allzeit bewährte Friedensthema meiner Mutter.

»So was schaut man sich im Internet an«, rügte Paul.

»Ich will aber was zum Blättern«, verteidigte sich meine Mutter.

Ab da hörte ich nicht mehr zu, denn panisch überlegte ich, ob es aus der Bredouille, in die sich meine Eltern gebracht hatten, einen Ausweg gab.

Als wir mit dem Essen fertig waren, hatte ich einen Plan.

Und zwar einen, der nicht vorsah, dass ich mit meinen Eltern darüber redete – oder sie dazu brachte, miteinander zu reden. Alles, was mir zur Ausführung meines Plans noch fehlte, war der Name und die Adresse des Bauträgers, der das Gebiet gekauft hatte. Dafür musste ich einfach nur ein wenig im Handy meiner Mutter herumstöbern.

Am nächsten Tag, auf dem Heimweg von der Schule, fragte Pia, ob mir schon jemand eingefallen sei, an dem wir ihre Oma ausprobieren könnten. Ach je, das hatte ich ganz vergessen.

»Ich denke immer noch drüber nach«, sagte ich. »Heute Nachmittag müssen wir erst mal zu …«, ich suchte in meinem Handy den Namen und las vor, »Heinrich Helmsdorf.«

»Aha. Und wer ist das?«

»Das ist der Typ, der das Gelände von der Stadt gekauft hat und den Büropark dort bauen will.«

Pia war stehen geblieben. »Und was wollen wir von ihm? Glaubst du, wenn du ihn höflich bittest, dort nichts zu bauen, wird er sagen: *Na gut, dann lass ich es halt?*«

»Nein, aber vielleicht kann man ja was raushandeln. Dieser Helmsdorf will doch bestimmt nicht, dass alle gegen seinen Büropark wettern und protestieren. Das ist nicht gut fürs Geschäft, also für den Verkauf.«

»Und was willst du raushandeln?«

»Ich möchte, dass er zum Ausgleich dafür, dass er ein

Naturschutzgebiet bebaut, irgendetwas Gutes tut, für die Allgemeinheit. Das würde meinen Vater freuen, er hätte das Gefühl, dass sein Protest nicht umsonst war. Und für meine Mutter wäre das gut, weil dann Schluss ist mit den Demonstrationen und sie anfangen kann, zu makeln und Geld zu verdienen.«

»Guter Ansatz. Aber was soll er tun?«

»Ich hab etwas auf unserer To-do-Liste gefunden! Du wirst begeistert sein. Rate!«

Doch darauf konnte ich nicht warten, ich war einfach zu aufgeregt. Ich sah Pia strahlend an. »Wir haben uns doch vorgenommen, dass wir mal so einen Teich, wie den von Frau Berghof, anlegen, der für alle zugänglich ist.«

»Ja?«

»Wenn der Bau-Heini es schon Büro*park* nennt, dann sollte da auch ein Park sein. Und in einen Park gehört ein ordentlicher Teich! Und alle dürfen den nutzen. Dann können wir das schon mal von unserer Liste streichen.«

»Das ist genial!«

»Und es würde die Leute, die dagegen sind, vielleicht etwas friedlicher stimmen, denn dann würde wenigstens noch ein bisschen Natur erhalten bleiben.«

Nachmittags machten wir uns auf den Weg. Helmsdorfs Firma war in einer schicken Villa in der Stadt untergebracht.

»Ist das die richtige Adresse?«, fragte Pia.

Ich überprüfte es auf meinem Handy und nickte.

»Sehr nobel«, meinte Pia. »Womit verdient ein Bauträger eigentlich sein Geld?«

»Er kauft Grundstücke, baut darauf Gebäude und verkauft die wieder. Manchmal behält er sie auch und vermietet sie.« Ich kannte mich wirklich gut aus.

Wir gingen rein. Am Empfang saß eine Dame, die uns etwas erstaunt ansah. Pia zögerte, ich zog sie mit, als ich zu der Dame ging und freundlich sagte: »Wir möchten gern zu Herrn Helmsdorf.«

Sie zog die Augenbrauen nach oben.

»Habt ihr einen Termin?«

»Nein. Aber es ist dringend.«

»Worum geht es?«

»Um etwas Geschäftliches.«

Nun zog sie die Augenbrauen noch höher, so hoch, dass sie unter ihrem Pony verschwanden. Das sah merkwürdig aus.

»Seid ihr dafür nicht ein bisschen zu klein?«

»Was hat das mit der Größe zu tun?«

»Ich meinte, jung.«

»Dafür können wir nichts und wir können auch nicht warten, bis wir erwachsen sind. Wir müssen ihn *jetzt* sprechen.«

»Das geht nicht.«

»Wieso?«

»Weil Herr Helmsdorf in fünf Minuten das Büro verlässt.«

»Dann möchte ich gern einen Termin machen.«

»Das musst du telefonisch erledigen.«

Mann, war das kompliziert! Oder wollte sie uns einfach bloß abwimmeln?

Ich zog mein Handy aus der Tasche und wählte die Nummer des Büros. Es klingelte, die Dame am Empfang ging ans Telefon, flötete den Firmennamen. Ich meldete mich und sagte, dass ich gern einen Termin bei Herrn Helmsdorf hätte.

Sie sah mich ungläubig an, weil ich ihr ja direkt gegenüberstand, dann legte sie auf.

»Was soll das?«, fragte sie ärgerlich.

»Jetzt legen Sie doch nicht einfach auf!«, schimpfte ich. »Ich halte mich bloß an Ihre Regeln.«

»Für euren Unfug hab ich keine Zeit. Ich möchte, dass ihr jetzt geht.«

Pia zupfte mich mahnend am Ärmel und machte ein Zeichen mit dem Kopf, dass wir verschwinden sollten. Na gut. Ich weiß auch nicht, wieso Leute am Empfang mich immer abwimmeln. Aber das kannte ich ja noch vom Altersheim. Und ich kannte auch die Lösung: Man wartete einfach draußen vor der Tür auf die Leute.

Die Empfangsdame hatte zumindest nicht gelogen, denn tatsächlich kam ein paar Minuten später ein etwas dicklicher Herr im Anzug aus dem Haus, der eilig davonging.

Wir liefen hinter ihm her.

»Herr Helmsdorf?«

Er blieb stehen. »Ja?«

»Kann ich mal kurz mit Ihnen über den Büropark im Birkengrund reden?«

Misstrauisch fragte er: »Bist du von dieser Bürgerinitiative?«

Ich überlegte kurz, wie die richtige Antwort lauten würde, dann entschied ich mich für: »Ich bin neutral. Betrachten Sie mich als die Schweiz.«

»Schweiz?«

»Ja, die hält sich auch aus allem raus.«

»Mir ist schon klar, was du damit sagen willst.«

»Na ja, sie hatten nachgefragt, deshalb …«

»Worum geht es?«, unterbrach er mich.

Okay, nun waren wir so weit. Ich lächelte sehr freundlich und meinte: »Sie haben zurzeit ja etwas Stress, weil Sie ein Naturschutzgebiet bebauen wollen.«

»Es ist kein Naturschutzgebiet mehr, die Stadt hat es als Bauland freigegeben.«

»Ja, aber damit ist niemand so richtig glücklich.«

»Das ist nicht mein Problem.«

»Oh doch! Denn alle hassen Sie und wollen Sie bekämpfen. Und den Bau verhindern.«

»Das legt sich wieder.« Er machte eine Pause und sah mich musternd an. »Und wieso soll ich mit einem Kind darüber reden?«

»Weil das Kind vielleicht einen ganz brauchbaren Vorschlag für Sie hat.«

»*Du* hast einen Vorschlag für *mich?*«

»Ja. Einen richtig genialen sogar. Nämlich wie Sie bei den Naturschützern wieder ein paar Punkte machen können.«

Er schien nicht sehr überzeugt, sagte aber dennoch: »Ich höre.«

»Also, Sie wollen das Gebiet ja komplett zupflastern ...«

»Wir pflastern nicht.«

»Zubetonieren eben. Jedenfalls dachte ich, wenn Sie auf einem Teil des Geländes einen schönen Park anlegen mit einem großen Teich und allem Drum und Dran und jeder dort hindarf, das wäre echt cool. Vielleicht auch noch ein Spielplatz ...?«

Das mit dem Spielplatz war mir gerade erst eingefallen und ich beglückwünschte mich zu dieser Idee. Ich fuhr fort: »Geben Sie doch einfach eine öffentliche Erklärung ab und sagen Sie, dass die Aktionen der Bürgerinitiative Birkengrund Sie nachdenklich gemacht hätten. Zur Versöhnung können Sie ja dann den Park anbieten.«

Er sah mich erstaunt an und schien etwas sprachlos. Nach einer Weile lächelte er. »Das ist wirklich eine gute Idee. Ich sollte dich als PR-Beraterin engagieren. Wie heißt du?«

Ich hatte schon den Mund geöffnet, um zu antworten, da kamen mir Bedenken. Vielleicht waren schon zu viele Lichtensteins in die Sache verwickelt und es würde ihn nur verwirren, wenn er feststellte, dass mein Vater ihn bekämpfte und meine Mutter für ihn arbeitete.

»Da halte ich es wie Superman. Der hat ja auch seinen

echten Namen nie genannt. Ich freu mich einfach, wenn ich helfen kann.«

Dann drehte ich mich auf dem Absatz um und ging. Guter Abgang.

Ich musste dann aber noch mal schnell zurücklaufen, um Pia mitzunehmen, denn die stand immer noch wie angewurzelt vor dem etwas sprachlosen Herrn Helmsdorf.

»Wahnsinn!«, sagte sie, als wir eine Weile gelaufen waren. »Nicht zu fassen, wie leicht das ging!«

Ich nickte. »Hätte ich auch nicht gedacht. Aber die Idee war ja wirklich ausgesprochen gut.«

»Der Park sollte nach dir benannt werden. Du hättest ihm deinen Namen nennen sollen.«

»Nein, lieber nicht. Außerdem ist mir der Gedanke gekommen, ob wir vielleicht ab jetzt immer unerkannt helfen sollten. Undercover, so gute-Engel-mäßig. Das wär noch spannender.«

Pia sah mich an. »Du willst Superman spielen?«

»Ohne den komischen hautengen Strampler natürlich. Aber eben anonym.« Ich kicherte. »SuperLuna. Das klingt doch gut.«

»Du *heißt* Luna! Wo bleibt denn da die Anonymität?«

»Ja, vergiss es.«

»Was ist eigentlich eine PR-Beraterin?«

»Google mal.«

Pia las vor: »PR ist die Abkürzung für Public Relations. Öffentlichkeitsarbeit. Kommunikation. Es geht darum, für

Personen oder Firmen ein positives Image in der Öffentlichkeit aufzubauen.« Sie grinste. »Das sollten wir vielleicht mal für uns tun: ein positives Image aufbauen.«

»Unsere guten Taten sprechen für sich.«

»Haha.«

Kapitel dreizehn

Pias Mutter musste heute länger arbeiten, deshalb hatte ich Pia zum Abendessen zu uns eingeladen. Wir halfen meinem Vater beim Tischdecken.

Paul war nicht da, er hatte Fußballtraining. Behauptete er zumindest. Ich war ziemlich sicher, dass er bloß bei seinem Freund Nils rumhing. Pauls Trainingszeiten waren auffallend unregelmäßig und fielen immer dann an, wenn mein Vater ihn für irgendetwas einspannen wollte. Heute sollte er eigentlich meinem Vater beim Besorgen der Infostände helfen, für ihre Kundgebung am Wochenende auf dem Marktplatz. Mein Vater ging voll in seiner Aufgabe auf. Er hatte zurzeit kein anderes Thema. Das war immer so bei ihm. Er engagierte sich total, zog uns da auch stets mit rein, bis ihm ein neues Projekt über den Weg lief. Dann ging es mit demselben Engagement für eine andere Aufgabe weiter. Meine Mutter bremste ihn nie, hielt sich aber stets raus.

»Erinnere mich bitte daran, dass ich dir noch Flugblätter gebe«, meinte mein Vater zu mir.

Ich würde ihm gern sagen, dass er sich das schenken kann, aber erst mal musste Helmsdorf bekannt geben, dass er aufgrund der Bürgerinitiative einen Park mit Teich anlegen lassen will. Dann würde mein Vater Ruhe geben.

»Also ich hab jetzt alle, die du mir gegeben hast, verteilt«, sagte ich ausweichend.

»Ja, genau deshalb.«

»Ich würde gern mal eine Pause machen. Und ich war ja auch erfolgreich. Immerhin hab ich dir die Frau Feldmann geschickt.«

Er überlegte. »Ja, stimmt. Sie war hier. Herr Karsten hat sie mitgebracht.«

»Ja, weil ich ihr ein Flugblatt gegeben hatte, während er danebenstand.«

»Ich dachte, die zwei gehören zusammen. Die waren so nett zueinander.«

»Karsten – nett? Ich fand ihn ja eher etwas wortkarg, streng und misstrauisch.« Dann hatte ich eine Idee und rief: »Er ist perfekt! An ihm testen wir die Oma!«

Pia warf mir einen warnenden Blick zu. Ups! Zu spät.

Mein Vater sah mich verwundert an. »Was für eine Oma willst du testen?«

Ich meinte so nebensächlich wie möglich: »Och, das ist nur ein Spruch. Hat nichts zu bedeuten. Das sagt man jetzt so.«

Schnell trug ich Teller ins Esszimmer und wartete dort auf Pia.

Die kam auch gleich mit dem Besteck hinterher und sagte: »Mann, Luna, doch nicht vor deinem Vater!«

»Ja. War ein Versehen. Sorry. Aber das sollten wir echt tun. Wir laden Frau Feldmann und Herrn Karsten zu dir nach Hause ein, und wenn er uns abnimmt, dass Frau Feldmanns Mutter deine Oma ist, ist alles paletti. Er ist das perfekte Versuchskaninchen.«

»Meinst du denn, Frau Feldmann würde da mitspielen?«

»Klar. Ich denke, sie mag diesen Karsten und freut sich über jede Gelegenheit, mit ihm Zeit zu verbringen. Und mein Vater hat gesagt, die wären so nett zueinander gewesen. Passt doch. Sie hat erzählt, dass sie geschieden ist und allein lebt. Sie mag Hunde und er hat einen Hund. Das wäre doch ein perfektes Match. Was meinst du?«

Pia zog ein Gesicht. »Ich denke, wir sollten die Amor-Nummer generell aus unserem Programm streichen. Das ist zu kompliziert. Und beim letzten Mal haben wir Ärger bekommen. Aber die Idee, die Generalprobe mit ihm zu machen, finde ich gut.«

Ich wollte jetzt nicht darauf bestehen, dass wir die beiden zusammenbringen müssen, die Oma-Sache war erst mal wichtiger. »Morgen treffen wir uns mit Frau Feldmann und weihen sie in unseren Plan ein. Hoffentlich macht sie mit.«

Als meine Mutter nach Hause kam und wir uns zum Essen setzten, sagte Pia gleich zu ihr: »Luna hat angeboten, dass ich bei Ihnen zu Abend essen kann. Ist das okay?«

»Aber natürlich, wir freuen uns, wenn du hier bist.« Sie lächelte Pia an und fragte: »Deine Mam ist noch nicht zu Hause?«

»Sie kommt heute erst ziemlich spät. Sie muss wieder für ihre Kollegin einspringen, bis der Nachtportier seinen Dienst antritt.«

Ich schimpfte: »Frau Bernhardts Kollegin meldet sich ständig krank, dabei macht sie blau. Geht shoppen und trifft sich mit Freundinnen in Cafés.«

»Woher weißt du das?«

»Wir haben sie mal beschattet.«

Meine Mutter sah mich alarmiert an. »Du hältst dich da raus!«

»Aber das geht doch nicht!«, empörte ich mich. »Der Hotelchef sollte darüber informiert werden und Pias Mutter müsste sich weigern, ständig für die einzuspringen. Sie soll sich den Job ja eigentlich mit dieser Sumpfnelke teilen und nur halbtags arbeiten.«

Meine Mutter nickte. »Ich weiß, Frau Bernhardt hatte mir das mal erzählt. Ich fand es super, dass der Geschäftsführer bereit war, aus der Ganztagsstelle zwei Halbtagsjobs zu machen, und die Frauen sollten sich untereinander einigen, wer wann arbeitet.« Sie seufzte. »Umso ärgerlicher, wenn sich die Kollegin so unfair verhält. Aber es kann sein, dass der Geschäftsführer, wenn er erfährt, dass sein System nicht so gut funktioniert, es wieder ändert, lieber jemanden ganztags einstellt und beide verlieren ihren Job.«

»Genau! Das ist total unfair, da muss man doch was tun!«

»Wenn sich die Kollegin offiziell krankmeldet, muss Frau Bernhardt sie ja vertreten. Bekommt sie denn diese Überstunden bezahlt?«, erkundigte sich meine Mutter.

»Nein, aber sie kann sich dafür freie Tage nehmen«, sagte Pia.

»Tut sie das?«

Pia seufzte. »Geht nicht, es ist niemand da, der sie vertreten könnte.«

»Also bitte«, sagte ich und blickte in die Runde. »Das ist doch wohl nicht in Ordnung! Pias Mam sammelt freie Tage, die sie nie nehmen kann.«

Mein Vater grinste. »Wenn sie weiter so viele Überstunden sammelt, kann sie ein paar Jahre früher in Rente gehen.«

Meine Mutter warf meinem Vater einen tadelnden Blick zu. »Das ist nicht lustig.«

»Aber da muss man doch etwas tun!«, rief ich wieder.

»Du nicht, Luna!«, sagte meine Mutter sofort.

Mein Vater bot an: »Ich könnte einen Artikel darüber schreiben …«

Meine Mutter fiel ihm sofort ins Wort, sah meinen Vater und mich eindringlich an: »Haltet euch bitte beide da raus. Das ist Sache von Pias Mutter.« Dann wandte sie sich an Pia. »Vielleicht kann deine Mam sich einen anderen Job suchen?«

Ich schaute auf. Das war eine gute Idee. Pia und ich könnten ihr dabei helfen. Ich flüsterte Pia zu: »Das schreiben wir auf die Liste.«

»Das steht schon drauf.«

»Nein, bisher hatten wir nur vor, mit ihrem Chef zu reden. Aber einen neuen Job suchen ist viel besser!«

»Sie mag ihren Job.«

»Gut, dann sorgen wir dafür, dass die Kollegin fliegt und wir suchen eine neue Mitarbeiterin für die Stelle.«

»Luna, wir sitzen direkt neben euch. Flüstern hilft nicht viel. Und ich verbiete dir, dich ungefragt in das Leben von Frau Bernhardt einzumischen.«

Ungefragt hatte sie gesagt. »Also, wenn es ihr recht ist, darf ich?«

»Es wird ihr nicht recht sein«, meinte sie energisch. Sie wandte sich an Pia. »Soll ich mal mit ihr reden?«

Pia zuckte mit den Schultern. »Warum nicht?«

»Und dann kannst du sie auch gleich fragen, ob sie unsere Hilfe möchte«, sagte ich.

Meine Mutter verdrehte nur die Augen. Wieso hat sie eigentlich so eine Panik davor, dass ich Leuten helfen könnte? Wenn sie wüsste, wie viele Probleme ich schon gelöst und wie vielen Leuten ich bereits geholfen hatte. Heute zum Beispiel hatte ich sogar ihren Job gerettet. Also zumindest ihre Ehe. Aber das konnte ich noch nicht mal aufführen, weil sie unter Garantie schimpfen würde. »Misch dich da nicht ein, Luna«, sagte sie ständig, meist sogar bevor sie wusste, worum es ging.

Vielleicht sollten Pia und ich doch noch mal darüber nachdenken, ob wir irgendwie unsere Hilfsaktionen ganz im Verborgenen und unerkannt erledigen könnten. Wir bräuchten einen coolen Namen, und so wie die Zeitungen über Superman geschrieben haben, würden sie dann über uns schreiben, und alle Welt würde rätseln, wer die beiden wunderbaren Retter in der Not wohl sind. Und wenn bei unseren Aktionen was schiefginge, würden Pia und ich wenigstens keinen Ärger bekommen. Gleich nach dem Essen würde ich das auf unsere Liste setzen.

Als wir am nächsten Tag Frau Feldmann vor dem Seniorenheim abpassten, freute sie sich, uns zu sehen. Sie war ganz glücklich und irgendwie etwas aufgedreht.

»Übrigens helfe ich ab jetzt zwei Mal die Woche im Tierheim aus. Das war wirklich eine gute Idee von dir, Luna.«

»Ja, meine Liste bewährt sich.«

»Und durch dich habe ich auch Peter Karsten kennengelernt, wir haben uns schon getroffen, um Felix auszuführen.« Sie lächelte mich an. »Ich denke, ich schulde dir was.«

Ja, der Meinung war ich auch. Und das war jetzt die perfekte Vorlage für unser Anliegen.

»Was halten Sie davon, wenn Sie mal zusammen mit Herrn Karsten Pia besuchen würden, zum Kuchenessen?«

Sie sah mich etwas erstaunt an. »Wieso sollte ich das tun?«

»Um … Ihrer Mutter Gesellschaft zu leisten?«

»Wie kommt meine Mutter denn da jetzt ins Spiel?«

Okay, mein Ansatz war zu kompliziert.

»Wir wollten Ihre Mutter doch mal zu einer Generalprobe einladen. Und da brauchen wir jemanden, der Ihre Mutter *und* Pia nicht kennt. Um zu überprüfen, ob es glaubwürdig ist, dass Ihre Mutter Pias Oma ist.«

»Ach, und da habt ihr an Herrn Karsten gedacht?«

»Ja.«

Da sie nicht sofort begeistert *Ja* gerufen hatte, legte ich noch einen Köder aus. »Es wäre doch auch bestimmt nett für Sie, etwas mehr Zeit mit Herrn Karsten zu verbringen, oder?«

Sie errötete ein wenig. »Na ja, aber dann müsste ich ihn anlügen …«

»Nicht für lange. Sie könnten ihm ja dann, sobald der Test geklappt hat, die Wahrheit sagen.«

Sie zögerte.

»Ich dachte nur … weil Sie doch gesagt hatten, dass Sie mir etwas schulden.« Immer noch kein *Ja*. »Und es wäre für einen guten Zweck«, fügte ich noch hinzu.

Sie seufzte, dann lächelte sie und nickte.

»Einverstanden. Aber mit welcher Begründung soll ich ihn zu Pia einladen?«

Darüber hatte ich noch nicht nachgedacht.

»Hm. Mal sehen, was wir als Vorwand nehmen könnten«, überlegte ich.

Bei Frau Feldmann konnte ich erste Anzeichen von Nervosität erkennen. »Mach die Lügerei aber nicht zu groß und kompliziert.«

Pia schlug vor: »Können wir nicht einfach sagen, Sie haben sich mit uns angefreundet und wir wollten uns für Ihre Einladung ins *Café am Park* bei Ihnen revanchieren?«

Frau Feldmann war sehr erleichtert. »Ja, so machen wir's.«

Ich fand es zwar ein wenig zu simpel, mir wäre bestimmt etwas Aufregenderes eingefallen, aber ich war wohl überstimmt. Wir einigten uns auf einen Termin in der nächsten Woche.

Kapitel vierzehn

Als ich heute Morgen zum Frühstückstisch kam, saß dort mein Vater mit der Zeitung in der Hand und schimpfte.

»Das darf ja wohl nicht wahr sein!«

»Was ist passiert?«, fragte ich erschrocken.

»Jetzt hat dieser gerissene Hund doch tatsächlich verkündet, dass er zur allgemeinen Nutzung auf dem Gelände einen Park anlegen lassen will. Heute steht es in der Zeitung, tolles Timing, noch bevor unsere Kundgebung stattfindet. Das hat er doch extra gemacht!«

Ich verstand nun nicht, wieso mein Vater darüber so wütend war.

»Aber das ist doch nichts Schlechtes.«

»Das ist nur Augenwischerei! Damit will er aufgebrachte Bürger besänftigen.«

»Aber was ist denn die Alternative? Dass er keinen Park anlegt?«

»Nein, dass er dort nichts baut.«

Nun mischte sich meine Mutter ein. »Frank, ich wollte bisher nichts dazu sagen, aber du kannst das nicht verhindern. Das ist beschlossene Sache. Das Grundstück ist verkauft, die Baupläne sind fertig, die Firmen beauftragt. Dort wird ein Büropark entstehen. Der Fehler liegt bei der Stadtverwaltung. Die hätten niemals ein Naturschutzgebiet als Bauland freigeben dürfen. Dort sitzt der Feind.« Sie zögerte kurz, dann sagte sie: »Und es ist auch schon ein Auftrag an einen Makler raus, der die Büroräume verkaufen und vermieten soll.«

Aha, nun würde sie gestehen. Aber mein Vater ließ ihr dazu keine Zeit, er schimpfte weiter: »Ich kann sehr wohl etwas tun! Zum Beispiel die Baustelle besetzen und die Bauarbeiten verhindern.«

»Ja. Toll! Die Polizei räumt dann das Gelände und ich kann dich auf dem Revier abholen. Nein wirklich nicht. Lass es!«

»Nein. Jetzt habe ich mal engagierte Bürger, die bereit sind, für den Erhalt der Natur zu kämpfen, da geben wir uns doch nicht mit einem kleinen Park zufrieden.«

»Und einem Teich!«, warf ich ein.

»Teich?«

»Ja, da soll auch ein Teich hin. Steht das nicht drin?« Hey, ich hatte Helmsdorf doch eindeutige Anweisungen gegeben. Ich nahm die Zeitung und sah nach.

»Ja. Teich und Spielplatz«, stellte ich erleichtert fest.

»Woher wusstest du das?«, fragte meine Mutter.

Ich sah sie an. Hm. Woher? »Hat mir Pia heute Morgen gewhatsAppt.«

Mein Vater war nach wie vor unglücklich. »Alles umsonst!«, schimpfte er.

»Aber nein«, tröstete ich ihn. »Wahrscheinlich hat er es genau deshalb gemacht. Weil ihr protestiert habt.«

Er sah mich an, dann erschien ein kurzer stolzer und triumphierender Ausdruck auf seinem Gesicht. »Ja, stimmt. Es hat also doch was gebracht.«

Ich nickte eifrig.

Dann verfinsterte sich sein Gesicht wieder. »Und was sage ich meinen Leuten heute? Vielen Dank, das war's, geht alle nach Hause?«

Ich überlegte. »Wie wäre es, wenn ihr dafür sorgt, dass keine weiteren Naturschutzgebiete in Bauland umgewandelt werden?«

Er blickte interessiert auf. Dann nickte er langsam. »Ja. Genau. Wir werden verhindern, dass so etwas noch einmal passiert. Und wir sollten noch mehr tun. Wir sollten diese Gebiete auch regelmäßig kontrollieren und sicherstellen, dass sie nicht als illegale Müllplätze verwendet werden. So was kommt öfter vor, als man annimmt. Wir müssen unsere Aufgaben ausweiten.«

Ich sah meine Mutter an und wartete darauf, dass sie ihm nun gestand, dass sie den Auftrag hatte, die Gebäude zu vermakeln. Jetzt war er doch wieder friedlich. Er würde das schon verstehen. Aber sie sagte nichts. Sie lächelte nur und meinte: »Na prima. Dann können wir ja jetzt in Ruhe frühstücken.«

Mein Vater war jedoch gedanklich noch bei seiner neuen Aufgabe. »Wir könnten überprüfen, ob es in diesen Gebieten besondere Tierarten gibt, die unter Naturschutz stehen. Das erschwert die Freigabe als Bauland.«

»Super Idee«, stimmte ich ihm zu.

»Der *WWF* hat eine Liste von bedrohten Tierarten«, meldete sich nun auch Paul zu Wort.

»Der *WWF* ist dir ein Begriff?«, freute sich mein Vater.

»*World Wide Fund For Nature*, die größte Naturschutzorganisation der Welt, wurde 1961 in der Schweiz als *World Wildlife Fund* gegründet. Der Name wurde dann aber geändert, weil sie sich nicht nur um bedrohte Tierarten kümmern, sondern auch um Umweltschutz«, erläuterte Paul. Nachdem er unsere Verwunderung bemerkte, meinte er stolz: »Hab gerade ein Referat darüber geschrieben.«

»Strafarbeit?«, riet ich.

Er warf mir einen bösen Blick zu. »Jedenfalls«, fuhr Paul fort, sah unseren Vater an und grinste: »Wenn es dort zum Beispiel Elefanten, Leoparden, Tiger, Nashörner, Eisbären, Wale oder Delfine gibt, habt ihr den *WWF* hinter euch.«

Erst nickte mein Vater, dann legte er die Stirn in Falten: »Sehr witzig, Herr Oberschlau. Aber es gibt hier auch einige bedrohte Tierarten. Zum Beispiel die Feldhamster, den Kiebitz, die Salamander, besondere Schmetterlingsarten …«

»Dann seid ihr ab jetzt die Schmetterlings-Polizei«, meinte Paul.

»Ich wäre für Hamster-Polizei«, schlug ich vor.

Mein Vater schaute zu meiner Mutter. »Machen die sich lustig über mich?«

»Ich befürchte es«, antwortete sie und schmunzelte.

Nachmittags machten Paul und ich uns auf den Weg zum Technik-Museum. Pia kam mit, denn wir hatten ja auch einen Grund, dort hinzugehen.

Auf halber Strecke blieb Paul stehen und sagte: »Also dann, Mädels, wir treffen uns in zwei Stunden wieder hier und gehen gemeinsam nach Hause zurück.«

»Bitte?«

Paul lachte und sah mich kopfschüttelnd an. »Na hör mal, du kannst mir doch nicht erzählen, dass du ernsthaft zu diesem Festival gehen willst?!«

»Allerdings!«

»Da hast du was falsch verstanden, da spielen keine Bands und da ist keine Action, sie nennen es nur Festival. In Wirklichkeit ist es eine Versammlung von Nerds. Ein Nerd-Festival. Ich hab's gegoogelt.«

»Paul, wir gehen da hin.«

»Geht nicht, ich bin mit Nils verabredet, wir haben andere Pläne. Er wird gleich hier sein.«

»Prima, dann kann er ja mitkommen.«

Paul sah mich völlig entgeistert an. »Du meinst das ernst?«

»Ja.«

»Du kannst mich nicht zwingen.«

»Oh doch. Du kommst mit oder ich sag Mam, sie soll mal deinen Trainingsplan kontrollieren. Bei Paps kommst du damit vielleicht durch, aber nicht bei ihr.«

»Ey, ich geh die ganze Woche über in die Schule, da brauch ich am Wochenende mal Pause, okay?«

»Jetzt stell dich nicht so an, Physik ist echt voll interessant.«

»Das kann ja sein, aber nicht bei Bolte.«

»Du hast den Bolte in Physik?«

»Ja.«

Pia und ich sahen uns an. War das irgendwie für uns von Vorteil? Könnte sein.

Ich griff nach seinem Arm. »Du kommst auf alle Fälle mit. Und wenn du recht nett bittest, warten wir hier noch auf deinen Nils, dann kann er dich begleiten.«

»Ey, Nils ist mein Kumpel, das kann ich dem nicht antun. Lass uns gehen.«

Doch es war schon zu spät, Nils bog bereits um die Ecke und hatte uns gesehen. Arglos kam er auf uns zu. Ich grinste.

»Renn, so schnell du kannst«, rief Paul ihm zu.

»Was'n los?«

»Meine Schwester ist 'ne Ekel-Kröte. Sie zwingt mich, zu dem Physik-Mist zu gehen.«

»Hä? Sie kann dich doch nicht zwingen.«

»Kann sie schon, sonst lässt sie das mit dem Fußball-Training auffliegen.«

»Wieso hast du ihr denn gesagt, dass wir gar nicht in der Mannschaft sind?«, meinte Nils vorwurfsvoll.

»Was?«, rief ich. »Ihr seid noch nicht mal in der Mannschaft?«

Nils sah Paul entschuldigend an. »Hab ich's grad schlimmer gemacht?«

»Nur für dich. Du kommst jetzt auch mit«, sagte ich streng.

»Sorry«, sagte Paul zu Nils. »Ältere Schwestern sind einfach die Pest.«

Nils zuckte mit den Schultern und meinte: »Ich hab 'ne kleine Schwester. Das ist auch nicht besser.«

»So, auf geht's, setzt euch in Bewegung«, trieb ich die beiden an. Sie trotteten los.

»Und kommt nicht auf dumme Ideen«, rief ich ihnen zu. »Denkt euch eine unsichtbare Leine, an der ich euch führe.«

Pia und ich ließen sie vorneweglaufen, denn dann konnten wir eine Lagebesprechung machen.

»Also, zuallererst müssen wir die Schneider und den Bolte finden und darauf achten, dass sie sich nicht begegnen. Wir werden kurz vor drei da sein und stellen uns am besten an den Eingang. Sobald einer von beiden auftaucht, quatschen wir ihn an, lenken ihn ab und führen ihn vom Eingang weg, damit sie sich nicht treffen.«

»Der Bolte weiß aber, dass die Schneider da sein wird. Vielleicht sucht er sie.«

»Wieso sollte er?«

»Weil sie ihm den Brief geschrieben hat.«

»Hat sie nicht, sie … verflixt. Du hast recht. Jensen hat den ja weitergegeben. Und der denkt jetzt, die Schneider fände ihn toll.«

»Na ja, gut, dass wir da sind, dann können wir ihm diese Peinlichkeit ersparen.«

Als wir beim Museum ankamen, nahmen Pia und ich am Eingang Aufstellung, die Jungs schickten wir rein. Ich besorgte mir einen Übersichtsplan der einzelnen Aktivitäten und Stände und teilte Paul und Nils mit: »Ich werde kontrollieren, ob ihr auch wirklich überall gewesen seid. Ich frag euch nachher ab.«

Als sie gegangen waren, wollte Pia wissen: »Machst du das wirklich?«

»Nein, natürlich nicht. Dann müsste ich mir das ja auch alles ansehen. Ich denke, es reicht, wenn ich ihnen damit drohe.«

Wir warteten ungeduldig, doch keiner von beiden tauchte auf.

»Es ist schon zehn nach drei. Seit wann sind Lehrer unpünktlich?«

Pia sah in die gläserne Halle. »Oh Mist, sie sind schon drin. Schau mal!«

Da entdeckte ich sie auch.

Beide gingen aus entgegengesetzten Richtungen auf einen

Stand, an dem Ballonraketen gebastelt wurden, zu. Noch hatten sie sich nicht gesehen.

»Schnell«, sagte ich und lief los. »Du übernimmst Bolte, ich die Schneider«, rief ich Pia während des Laufens zu.

Doch am Stand wurden wir vom Aufsichtspersonal gestoppt. Sie zogen gerade ein Absperrband vor den Eingang.

»Wir müssend dringend da hin«, teilte ich dem Mann mit.

»Wir lassen immer nur zehn Kinder zu. Wir machen jetzt die Experimente. Stellt euch hier an, dann seid ihr beim nächsten Mal dabei.«

Ich blickte Pia hilflos an.

»Kann man nichts machen«, sagte sie. »Dann warten wir halt.«

Frau Schneider und Herr Bolte waren nur noch wenige Schritte voneinander entfernt. Ich geriet langsam in Stress. Was tun? Sie waren in Hörweite, ob wir einfach rufen sollten? Aber egal, welchen Namen wir rufen würden, damit würden wir sie nur aufeinander aufmerksam machen.

Doch jetzt war es eh zu spät: Sie hatten sich gerade entdeckt.

Bolte ging mit ausgestreckten Armen auf Frau Schneider zu und rief hocherfreut: »Angelika! Schön, dich zu sehen.«

»Hallo, Markus«, sagte sie und streckte ihm die Hand entgegen. Er schüttelte sie mit beiden Händen.

Meine Güte, der warf sich ja wirklich ins Zeug. Frau Schneider war puterrot geworden.

»Himmel, wird die immer rot, wenn sie mit einem Mann redet?«, flüsterte ich Pia zu.

»Was machst du denn hier?«, fragte Frau Schneider Herrn Bolte.

»Torsten hat gesagt, dass du hier bist, und da dachte ich …« Er brach ab, dann sagte er: »Na ja, Physik fällt doch in meinen Bereich. Bestimmt kann man sich hier Anregungen für den Unterricht holen.«

Ich beugte mich zu Pia und sagte leise: »Torsten heißt der Jensen mit Vornamen. Sollten wir uns merken, fürs nächste Mal.«

»Es gibt kein nächstes Mal!«, warnte Pia.

»Stimmt.«

Frau Schneider hatte immer noch gerötete Wangen und sagte: »Ja, ich dachte auch, ich informier mich mal.«

»Wenn du willst, können wir zusammen herumlaufen und uns die Exponate und die Experimente ansehen«, schlug Bolte vor.

»Sehr gern«, hauchte Angelika.

Nein, da lief was schief. Ich konnte nicht mehr länger warten, schlüpfte unter der Absperrung durch und huschte zu Bolte.

»Hallo, Herr Bolte!«

»Hallo«, sagte er und dann entstand eine merkwürdige Pause. Das lag daran, dass ich losgerannt war, ohne eine Idee zu haben, was ich eigentlich sagen sollte. Und gerade wollte mir auch nichts Schlaues einfallen.

»Bist du bei mir im Unterricht?«, fragte er.

»Nein. Aber … mein kleiner Bruder ist bei Ihnen.«

»Wie heißt er?«

»Paul. Paul Lichtenstein.«

Sein Gesicht verlor das freundliche Lächeln. »Ah«, machte er nur.

»Ich weiß, er ist nicht besonders gut in Physik. Deshalb bin ich ja auch mit ihm hierhergekommen, damit er mal sieht, wie spannend es sein kann.«

Ich hatte wohl wieder nicht den richtigen Ansatz gefunden, denn Bolte sagte: »Ich gebe mir durchaus Mühe, den Unterricht spannend zu gestalten.«

Ach je, ich redete mich hier um Kopf und Kragen. Na ja, eigentlich meinen Bruder um Kopf und Kragen.

»Wo ist denn Paul?«, fragte er.

Ich sah mich um, dann machte ich ein trauriges Gesicht. »Darum geht es ja. Ich hab ihn verloren. Ich dachte, Sie könnten mir suchen helfen.«

Nun mischte sich Frau Schneider ein. Sie nahm Herrn Boltes anderen Arm, hakte sich unter und sagte zu mir: »Herr Bolte und ich sind privat hier und wollten uns die Ausstellung ansehen.« Und damit zog sie ihn fort.

Von wegen Mauerblümchen und schüchtern! Was sollte das denn? Ich drehte mich zu Pia um, die winkte mich eilig zurück. Ich schlüpfte wieder unter dem Absperrband durch.

»Was ist? Wir müssen hinter den beiden her«, sagte ich.

»Nein. Hör mal, ich denke, wir haben uns geirrt.«

»Wobei?«

»Die Schneider ist in den Bolte verknallt und nicht in den Jensen.«

»Echt jetzt? Wie kommst du auf die Idee?«

»Na, so wie sie ihn ansieht und rot wird und alles.«

»Bist du sicher?«

»Ziemlich.«

Mann! Da hätten wir auch gleich drauf kommen können! Macht ja auch mehr Sinn. Beides Mathelehrer. Beide unscheinbar.

»Dann können wir uns das Make-over für sie auch sparen«, sagte ich und war etwas enttäuscht. »Komm, suchen wir Paul und Nils und gehen nach Hause.«

Doch die beiden waren nicht von der Ausstellung wegzukriegen. Sie waren regelrecht begeistert.

»Hey, wusstest du, dass man eine Batterie aus Kartoffeln herstellen kann? Oder in einer Flasche einen Tornado erzeugen kann?«, rief Paul und Nils fuhr fort: »Und wie man mit Orangenschalen ein Mini-Feuerwerk an den Start bringt? Einen Vulkankuchen herstellt, oder Geheimtinte?«

Nein, wusste ich nicht, aber ich war sehr zufrieden: Das Interesse an Physik war bei den beiden geweckt. Also das zählt doch als gute Tat, auch wenn ich es nicht auf unserer To-do-Liste hatte.

»Das ist so cool«, meinte Paul. Dann grinste er Nils an: »Hat sich echt gelohnt, was?«

Es sei denn, die beiden machten damit Blödsinn. Hm. Doch keine gute Tat?

Kapitel fünfzehn

In der darauffolgenden Woche stellte sich heraus, dass Bolte und Schneider nun ein Paar waren. Wir erwischten sie Händchen haltend auf dem Parkplatz. Pia und ich waren der Meinung, dass wir daran, wenn auch ungewollt, einen erheblichen Anteil hatten.

»Sag mal, jetzt wo doch alles gut ausgegangen ist, meinst du, wir müssen unsere Strafe noch antreten?«, fragte ich Pia.

»Wir haben uns offiziell für den Förderunterricht angemeldet und die haben schon Kinder für uns ausgesucht. Heute Nachmittag geht's los. Also ich denke mal: ja.«

Der Förderunterricht fand in verschiedenen Klassenräumen der Schule statt. Jeder bekam drei Kinder zugeteilt und unsere Aufgabe bestand eigentlich nur darin, zu überwachen, dass sie ihre Hausaufgaben machten, und wenn sie Fragen oder Schwierigkeiten hatten, sollten wir ihnen helfen.

Bevor wir anfangen konnten, hatten Pia und ich so etwas wie eine Einführung: Frau Claussen, eine Geschichts- und Sozialkundelehrerin, hielt uns einen Vortrag.

»Ihr werdet feststellen, dass die Anpassungsschwierigkeiten der Kinder nicht nur in der Sprache liegen, sondern auch an den unterschiedlichen Lebensgewohnheiten, also am kulturellen Hintergrund der Kinder. Wenn Menschen von einem Kulturkreis in einen anderen wechseln, erleiden sie oft einen Kulturschock. Alles ist neu, alles ist fremd, daher bleiben sie meist unter sich und haben wenig Kontakt zu Deutschen. Darunter leiden natürlich die Sprache und die Anpassung an unsere Lebensgewohnheiten. Manchmal lehnen sie unsere Lebensweise auch ganz ab. Zum Beispiel aus religiösen Gründen.«

»Informieren die sich denn nicht vorher, was sie hier erwartet?«

»Die meisten kommen ja aus Not hierher. Weil sie in ihren Heimatländern keine Arbeit finden, weil es dort kaum Schulen gibt, die medizinische Versorgung sehr schlecht ist, oder weil sie verfolgt werden oder Krieg herrscht. Sie wollen für ihre Familie eine bessere Zukunft.«

»Aber die bessere Zukunft bekommen sie doch nur, wenn sie sich auch irgendwie ein bisschen anpassen.«

»Ganz so einfach ist es leider nicht. Natürlich wäre es schön, wenn sie unsere Lebensweise annehmen würden, zumindest respektieren, aber man kann auch nicht verlangen, dass sie ihre Gepflogenheiten einfach über Bord werfen. Da ist bei uns Verständnis gefragt, wir müssen tolerant sein.«

»Trotzdem verstehe ich das nicht so ganz. Ist doch so,

als ob man in einen Fußballverein geht und dann dort aber Tennis spielen will.«

Frau Claussen sah mich etwas genervt an. »Weißt du was? Hilf den Kindern, für die du verantwortlich bist, einfach bei den Hausaufgaben und sei nett zu ihnen.«

Damit war unsere Einführung beendet.

Als wir uns dann auf den Weg zum Klassenzimmer machten, fragte ich Pia: »Hab ich was Falsches gesagt?«

»Nein, aber ich hab das Gefühl, das ist ein sehr kompliziertes Thema. Von wegen Ausländerfeindlichkeit und so.«

»Ich bin nicht ausländerfeindlich. Fremde Kulturen finde ich echt spannend, ich mag Leute aus anderen Ländern. Und ich mag sie auch, wenn sie hier bei uns leben. Dann kann ich mehr über den Rest der Welt erfahren. Also ich bin dafür!«

»Weiß ich ja. Aber die Fragen, die du gestellt hast, klangen etwas … ich weiß auch nicht.«

»Es waren ganz normale Fragen!«

Wir waren am Klassenzimmer angekommen. Die Viertklässler saßen an Zweiertischen, die Schüler unserer Schule setzten sich dann abwechselnd mal zu diesem, mal zu jenem Kind. Sechs Kinder standen noch herum. Das waren wohl unsere. Pia und ich hatten Zettel mit Namen, die wir nun vorlasen – die Aufgerufenen kamen auf uns zu.

Ich dachte, um das Zusammengehörigkeitsgefühl zu fördern, schiebe ich einfach zwei Tische zu einem großen Tisch zusammen.

»Setzt euch«, sagte ich. Ich wählte einen freundlichen, aber bestimmten Ton, denn ich war ja nun eine Respektsperson und musste Autorität ausstrahlen.

Zu meinen Schülern gehörten zwei Mädchen, Nesrin und Sahira, und ein Junge, Farid. Nesrin und Farid setzten sich nebeneinander, Sahira und ich nahmen auf der anderen Seite Platz. Ich saß Farid gegenüber.

So. Und jetzt? Ich hätte vielleicht eine kleine Rede vorbereiten sollen, aber daran hatte ich nicht gedacht. Wie machen Lehrer das eigentlich? Egal.

»Hallo! Also, ich bin Luna. Ich werde euch …«

Ich unterbrach meine Ansprache, denn ich bemerkte, dass Farid mir gar nicht zuhörte. Er lümmelte in etwas merkwürdigen und viel zu großen Klamotten am Tisch, blickte mürrisch drein und – hörte Musik. Er hatte Ohrstöpsel drin. Ich erhob mich kurz von meinem Stuhl, tippte ihm auf die Schulter und deutete auf seine Ohrstöpsel.

Er sah durch mich hindurch. Ich zupfte an der Schnur und einer der Stöpsel fiel aus seinem Ohr.

»Ey, mach kein Stress«, blökte er.

»Mach kein*en* Stress«, korrigierte ich ihn, denn ich wollte meine Aufgabe von Anfang an ernst nehmen. Ich deutete auf den anderen Ohrstöpsel. Genervt nahm er ihn aus dem Ohr.

Ich setzte mich wieder, sah in die Runde und fragte freundlich: »Wo kommt ihr denn her?«

Nesrin trug eine Brille, saß sehr aufrecht da und blickte Farid missbilligend an.

Dann schob sie mit dem Zeigefinger ihre Brille etwas höher und sagte: »Von der Anne-Frank-Schule.«

»Ähm, ja, das weiß ich. Ich meinte, aus welchem Land.«

Sahira lächelte scheu, als ich mich ihr zuwendete, und schwieg. Ich richtete meine Augen auf Farid.

»Bin ich Auskunft?«, meinte er bloß.

Nesrin sagte: »Farid und ich kommen aus der Türkei, Sahira aus Indien.«

»Ah ja, das ist interessant. Wollt ihr ein bisschen über eure Heimatländer erzählen?«

Nesrin zog leicht die Stirn in Falten und sagte: »Eigentlich sollen wir hier Hausaufgaben machen.«

»Ähm. Ja. Natürlich. Und dabei werde ich euch helfen. Ich bin … so was wie eure Lehrerin.«

»Bist du nich«, widersprach Farid.

Na, das würde ja lustig werden mit ihm. Nesrin stieß ihn in die Seite und sagte etwas auf Türkisch zu ihm. Er blökte zurück, sie zischte nun noch ärgerlicher auf ihn ein.

»Halt, halt!«, rief ich. »Sollten wir nicht lieber Deutsch reden?«

Nesrin sagte: »Das, was Farid von sich gibt, willst du bestimmt nicht übersetzt haben.«

Ich blickte Farid wissend an. »Also dich hat man offensichtlich gezwungen, hier teilzunehmen.« Dann wandte ich mich an die Mädchen und fragte: »Seid ihr freiwillig da?«

Beide nickten.

»Gut. Also, ich dachte, wir sollten uns vielleicht zuerst einmal kennenlernen.«

Nesrin deutete auf sich, Farid und Sahira, während sie klarstellte: »Wir gehen in dieselbe Klasse. Wir kennen uns!«

»Okay. Dann können wir das schon mal überspringen. Worüber wollen wir uns denn unterhalten?«

Es kamen keine Vorschläge.

Aber ich gab nicht auf. »Was würdet ihr jetzt am liebsten machen?«

»Hausaufgaben«, sagte Nesrin, die kleine Streberin.

Verflixt, das lief holprig. Dann würden wir eben nicht plaudern. War ja nur ein freundliches Angebot. Ich gab nach. »Gut, dann macht eure Hausaufgaben.«

Die Kinder waren offensichtlich schon eingewiesen und wussten, was sie zu tun hatten. Die Mädchen zogen ihre Hefte und Bücher aus ihren Taschen, legten sie auf den Tisch und begannen mit ihren Hausaufgaben. Farid nicht. Er stöpselte wieder seine Knöpfe ins Ohr. Ich nahm ihm die Ohrhörer erneut aus den Ohren, zog den Stecker von seinem Handy und rollte das Kabel zusammen.

»Willstu voll krass Problem?«, schimpfte er.

Ich überlegte kurz und entscheid mich dann, ebenso blöde zu reden. »Chillax, Babo, kriegst du wieder, ischwör!«

Er sah mich feindselig an, war aber ein wenig irritiert. Ich deutete auffordernd auf seine Schultasche.

»Yalla, musstu Hausaufgaben!«, sagte ich.

»Hör auf, so zu reden«, sagte er verärgert.

»Dann hör du auch damit auf.«

Nun schwieg er, zog sein Mathebuch raus und knallte es auf den Tisch. Nesrin sah ihn böse an.

»Was guggstu?«, fauchte er sie an.

»Du bist so ein Blödmann!«, stöhnte sie nur.

Bevor er darauf antworten konnte, schob ich sein Buch vor ihn und tippte energisch darauf. Er warf mir einen genervten Blick zu, holte noch ein Heft und einen Stift aus seiner Tasche, schlug das Buch auf und beugte sich darüber.

Okay. Das war doch schon mal gut. Das hatte ich hingekriegt. Die drei brüteten über ihren Heften. Hm. Das war alles? Ich sollte nur dasitzen und zusehen, wie sie ihre Hausaufgaben machten? Wenn ich das gewusst hätte, hätte ich meine eigenen Hausaufgaben mitbringen können.

Frau Claussen spazierte von Zeit zu Zeit mit einem Hefter in der Hand durch die Klassenräume und überprüfte, ob alles okay war. Als sie bei ihrer nächsten Runde wieder in unseren Raum kam, ging ich zu ihr. Ich erkundigte mich, was ich denn nun eigentlich für die Kinder tun sollte, da ja alle brav über ihre Hefte gebeugt waren und arbeiteten.

»Lass dir sagen, was sie aufhaben, und kontrolliere, ob sie alles richtig machen. Und wenn nicht, erklärst du es ihnen.«

Hach, also war ich doch so etwas wie eine Lehrerin. Hilfslehrerin zumindest. Frau Claussen schaute in ihren Hefter, blätterte darin und erklärte: »Die Klassenlehrerin der drei Kinder hat mir ein paar Stichworte zu ihnen aufgeschrieben.« Als sie gefunden hatte, was sie suchte, las sie schweigend. Hatte sie vergessen, dass ich vor ihr stand?

Ich wollte mich schon räuspern, als sie endlich wieder aufblickte.

»Also: Nesrin braucht nur etwas Nachhilfe in Mathematik. Sie ist eine fleißige Schülerin und mit ein bisschen Hilfe schafft sie es im nächsten Jahr auf ein Gymnasium.«

Mathe?! Ich kann niemandem in Mathe helfen! Ich brauchte eher selbst Nachhilfe. Es war schon oft genug vorgekommen, dass ich mir von Pauls Freund Nils meine Mathehausaufgaben erklären lassen musste. Und Nils ist eine Klasse unter mir. Ich überlegte, ob es einen Weg geben würde, Nils zu engagieren.

»Kriegst du das hin?«, fragte Frau Claussen.

Leider hatte ich nun nicht mitbekommen, was Frau Claussen noch so alles gesagt hatte, denn sie hatte weitergesprochen, während ich bereits Pläne schmiedete, Nils für Mathenachhilfe zu begeistern.

»Mit Mathe?«

»Nein, das ist ja wohl kein Problem, Nesrin ist in der vierten Klasse. Ich meinte mit Sahira.«

»Könnten Sie vielleicht noch mal wiederholen, was Sie gerade gesagt haben?«

Frau Claussen sah mich an und meinte kopfschüttelnd: »Du hast die Aufmerksamkeitsspanne einer Stubenfliege.« Aber dann wiederholte sie: »Bei der kleinen Sahira geht es in erster Linie um die Sprache. Sie versteht zwar schon einiges, aber mit dem Sprechen hapert es. Sie ist erst vor einem halben Jahr mit ihren Eltern nach Deutschland gekommen. Sie ist sehr scheu, vielleicht kannst du sie ermutigen, etwas mehr zu reden.«

»Ach so. Ja klar, das ist kein Problem.«

Sie nickte. »Dann wäre da noch Farid. Auf ihn musst du ein Auge haben. Er ist etwas schwierig. Bei ihm geht es in erster Linie darum, dass er nachmittags nicht sich selbst überlassen sein sollte. Er hängt mit älteren Jungs rum, die keinen guten Einfluss auf ihn haben. Deshalb hat ihn seine Klassenlehrerin für das Programm angemeldet. Er ist intelligent, hat aber keinerlei Interesse an der Schule, sondern plant eine Karriere als Rapper.«

Ich musste lachen. »Was? Sobald er die vierte Klasse beendet hat?«

»Wir hoffen, dass er ein paar Jahre länger in der Schule durchhält.«

»Na ja, aber es ist doch schon mal gut, dass er überhaupt hierherkommt.«

»Seine Klassenlehrerin bringt ihn und holt ihn wieder ab.«

»Echt? Der muss ihr ja sehr am Herzen liegen.«

»Jedes Kind liegt uns am Herzen. Schule ist wichtig, denn ohne Bildung hat man keine Chance in der Welt. Das weißt du hoffentlich.«

»Ja. Mein Vater sagt immer: Bildung kann Armut und Kriege verhindern.«

Sie lächelte plötzlich. Zum ersten Mal. »Ein kluger Mann, dein Vater.«

Ich zuckte mit den Schultern. »Nicht immer, zum Beispiel …«

Sie unterbrach mich: »Frau Schmidt, die Klassenlehrerin der drei, wird sicher von Zeit zu Zeit mit dir reden wollen, wie du mit den Kindern zurechtkommst und so.«

Ich grinste. »So von Kollegin zu Kollegin?«

Sie lächelte nicht. Für solche Sprüche hatte sie wohl keinen Humor.

»Und du kannst dir natürlich auch von ihr Tipps geben lassen, wenn du Probleme hast.«

»Ich hab nie Probleme«, sagte ich strahlend. »Ich löse Probleme.«

»Gut, ab jetzt hast du ja gleich drei Probleme, die du lösen kannst.«

Dann ging sie wieder. Ich sah ihr fasziniert nach. Eben hatte ich einen offiziellen Auftrag von der Schule bekommen, Probleme zu lösen! War ich ein Glückspilz, oder was?

Ich ging zurück zu meinen Kindern und sah mir an, was sie bisher geschrieben hatten. Farid hatte seine Matheaufgaben bereits fertig, Nesrin kaute nervös an ihrem Stift und starrte gebannt auf die Arbeitsblätter. Sahira hatte winzig kleine Bildchen gemalt. In ihr Matheheft.

Ich nahm Farids Hausaufgaben, warf einen Blick drauf, sah ihn kritisch an und fragte: »Stimmt das auch alles?«

»Ey, ich bin voll gut in Mathe.«

»Dann fang jetzt mit den Deutsch-Hausaufgaben an.«

Genervt holte er sein Diktatheft raus.

Ich ging mit Farids Matheheft zu Pia und bat sie: »Kannst du da bitte mal drübergucken, ob das alles richtig ist?«

Sie sah die Aufgaben durch und nickte. »Alles korrekt. Aber das hättest du auch erkannt.«

»Bei mir hätte es viel länger gedauert, weil ich mir selbst nie traue. Ich denke immer, ich hab mich bestimmt verrechnet, und fang dann wieder von vorne an.«

Ich ging zu Nesrin und schaute ihr über die Schulter. Sie war immer noch am Rechnen, sie hatte gerade mal ein Drittel der Aufgaben gelöst.

Farid deutete auf Nesrin und meinte: »Die blickt voll nicht durch in Mathe und so. Kann ich viel besser.«

»Ja, das stimmt«, bestätigte ich ihm.

Triumphierend sah er Nesrin an, die mir wiederum einen verärgerten Blick zuwarf. Daraufhin sagte ich zu Farid: »Dann erklärst du Nesrin jetzt mal diese Aufgaben.«

Er war total empört. »Ey, ist deine Aufgabe, nicht meine. Bin ich Nachhilfe?«

»Nein, aber du bist ein netter, hilfsbereiter Junge, der gern auch mal was für andere tut.«

»Voll die Meise, was? Und was macht sie für mich?«

Ich blätterte sein Heft durch und entdeckte ein korrigiertes Diktat. Es wimmelte nur so von angestrichenen Fehlern.

Vertrauensvoll wandte ich mich an Nesrin. »Wie viele Fehler hast du in dem Diktat gehabt?«

»Zwei.«

Zu Farid sagte ich: »Nesrin bringt dir Deutsch bei.«

»Ich kann Deutsch!«

Ich nahm sein Heft und hielt es ihm hin. »Dreißig Fehler? Wir machen Folgendes: Ich lese dir das Diktat jetzt noch mal vor und du schreibst.«

»Ey, ich soll bloß die Worte, wo ich falsch hab, schreiben.«

»Nein, wir schreiben das Diktat lieber noch mal ganz neu.«

Er begann zu verhandeln. »Entweder Diktat neu, oder ich helf der Nesrin wegen Mathe. Ich mach nicht alles beides.«

»Wenn du weniger als zehn Fehler im Diktat hast, musst du Nesrin nicht helfen.«

»Scheissndreck«, murmelte er leise.

Ich schob ihm ein leeres Blatt hin. »Schreib das Wort mal auf. Wenn du es fehlerfrei schreiben kannst, darfst du es weiter verwenden, sonst nicht.«

Wütend nahm er das Blatt und schrieb.

Nesrin warf noch vor mir einen Blick drauf und rief: »Falsch. Er hat Dreck ohne C geschrieben.«

Ich war unendlich erleichtert, dass ich richtig getippt hatte. Ich lächelte und schob Farid ein neues Blatt hin. »So, dann machen wir jetzt mal das Diktat.«

Meine Rechnung ging auch diesmal auf: Farid hatte über

zwanzig Fehler. Ich fragte Nesrin, ob sie mit ihren Matheaufgaben schon fertig sei. Sie schüttelte den Kopf.

»Gut, dann hilft dir Farid jetzt bei den Matheaufgaben und anschließend diktierst du ihm noch mal die Wörter, die er im Diktat falsch geschrieben hat.«

Keiner von beiden war glücklich über meinen Vorschlag, aber hey, wenn beide unzufrieden waren, hatte ich zumindest einen fairen Vorschlag gemacht. Allerdings bekriegten sich die beiden die ganze Zeit und ich war nur damit beschäftigt, Streit zu schlichten. Und dann war die Zeit um. Mist! Ich hatte mich noch gar nicht um Sahira gekümmert. Sie hatte die ganze Zeit über nur ihre kleinen Ornamente in ihre Heftchen gemalt. So ganz hatte ich das mit der Hausaufgabenbetreuung nicht im Griff. Vielleicht war ich mit drei Kindern einfach überfordert?

Kapitel sechzehn

Ich verließ gemeinsam mit Sahira das Klassenzimmer. Irgendwie hatte ich ein schlechtes Gewissen, weil ich mich nicht um sie gekümmert hatte. Daher überlegte ich, dass ich ihr eigentlich noch Hilfe schuldete. Ich hatte sie nur malen lassen und nicht darauf geachtet, dass sie ihre Hausaufgaben machte.

»Hast du noch Zeit? Oder musst du jetzt sofort nach Hause?«, fragte ich sie.

Sahira nickte.

Was hatte sie jetzt abgenickt? Noch Zeit oder nach Hause? Es war ungeschickt von mir, eine Oder-Frage zu stellen. Ich sollte die Fragen einzeln stellen.

»Hast du jetzt noch Zeit?«

Sie nickte.

»Musst du jetzt nach Hause?«

Sie nickte wieder. Okay, das bedeutete, dass sie zwar Zeit hatte, aber nach Hause musste.

»Hast du was dagegen, wenn ich mit dir nach Hause gehe und deiner Mutter erkläre, dass es meine Schuld war, dass du keine Hausaufgaben gemacht hast? Und ich biete an, dass wir das noch zusammen erledigen können?«

Sie nickte.

Doch dann kamen mir Zweifel. Verstand sie mich oder nickte sie einfach bei jeder Frage?

»Findest du, dass ich aussehe wie eine Klobürste?«

Sie sah mich erschrocken an, grinste verlegen und schüttelte den Kopf.

Alles klar, sie verstand, was ich sagte.

Wir hatten das Schulgelände verlassen, Nesrin lief zu zwei Freundinnen, die auch im Förderunterricht waren, und gemeinsam zogen sie los. Farid schlurfte schmollend und schimpfend zum Parkplatz. Dort wurde er von einer Frau in Empfang genommen. Das musste wohl seine Klassenlehrerin sein.

Ich blieb stehen und sah mich nach Pia um.

»Warte mal bitte einen Moment«, bat ich Sahira, die daraufhin brav neben mir anhielt.

Pia kam mit drei Mädchen raus, die sich ganz lieb von ihr verabschiedeten, dann lief sie auf mich zu.

Freundlich wandte sie sich an Sahira.

»Hallo, ich bin Pia und wie heißt du?«

»Sahira Gupta.«

Ihre Stimme klang niedlich, so als würde ein kleiner Vogel zwitschern.

»Du hast aber eine schöne Stimme«, lobte ich Sahira.

Pia sah mich verwundert an, ich zog Pia zur Seite, aber

bevor ich erklären konnte, sagte sie: »Du hörst ihre Stimme jetzt zum ersten Mal?«

»Ja. Sie hat die ganze Zeit nichts gesagt, sondern nur so winzig kleine Bildchen gemalt, mehr so Ornamente, sehr hübsch, aber jedenfalls hat sie keine Hausaufgaben gemacht. Und darauf sollte ich ja achten.«

»Kannst du doch beim nächsten Mal nachholen.«

»Schon, aber ich hab echt ein schlechtes Gewissen. Irgendwie ist es doch voll ungerecht, dass Kinder, die lieb und still sind, keine Aufmerksamkeit bekommen, sondern nur die, die stressig und nervig sind. Wie dieser Farid. So ein kleiner Möchtegern-Rapper, der nur Türk-Deutsch und Hip-Hop spricht.«

Pia lachte. »Du hast ja interessante Kinder in deiner Gruppe. Und was willst du jetzt tun?«

»Ich betreue sie beim Hausaufgabenmachen.«

»Die Zeit ist um.«

»Ja, deshalb will ich ja mit zu ihr nach Hause.«

Pia trat verblüfft einen Schritt zurück. »Meinst du nicht, du übertreibst da ein bisschen?«

»Nein! Ich soll ihr doch helfen. Ganz offiziell. Also tu ich nur meine Pflicht.«

Pia meinte: »Ich weiß nicht, ob das mit einschließt, dass du mit ihr nach Hause fährst und dort weiterarbeitest.«

»Es hat aber auch niemand gesagt, dass ich das nicht tun soll. Außerdem hab ich sie gefragt, sie war einverstanden.«

»Im Ernst? Hat sie das gesagt?«

»Na ja, sie nickt immer nur oder schüttelt den Kopf. Sie spricht nicht viel.«

»Dann stell mal ein paar Fragen, auf die man nicht nur *Ja* oder *Nein* sagen muss. Vielleicht antwortet sie darauf.«

»Gute Idee!« Ich ging wieder zu Sahira, die ganz lieb noch an derselben Stelle stand und wartete.

»Wie kommst du denn nach Hause?«

Sahira sah sich um und deutete auf die Bushaltestelle, die etwas entfernt war.

»Mit dem Bus«, übersetzte ich für Pia. Dann fiel mir ein, dass ich Sahira ja zum Reden bringen sollte.

»Du müsstest mir aber schon eindeutig sagen, dass es wirklich in Ordnung ist, wenn ich mit zu dir nach Hause gehe.«

Sahira lächelte und nahm meine Hand.

Ich drehte mich zu Pia und formulierte tonlos: *Sie ist sooo süß!*

Pia nickte und machte ebenfalls ein Ach-wie-süß-Gesicht.

Ich deutete auf Pia und fragte Sahira: »Pia ist meine Freundin. Darf sie auch mitkommen?«

Sahira nickte eifrig.

Pia warf einen Blick auf die Uhr. »Okay. Aber wir bleiben höchstens eine Stunde.«

Dann übernahm Sahira die Regie. Also nicht, dass sie etwas sagte, sie machte das wortlos. Wir stiegen in einen Bus, an einer Haltestelle in der Stadt wieder aus, sie führte uns durch ein paar Straßen und blieb dann vor einem indischen Restaurant stehen.

Ich flüsterte Pia zu: »Also, ich denke, sie hat da doch etwas missverstanden. Wir wollten ja nicht indisch essen gehen. Was machen wir denn jetzt?«

»Keine Ahnung. Ich hab auch kein Geld dabei.«

Sahira stand abwartend vor dem Eingang. Da wir keine Anstalten machten, ihr zu folgen, kam sie wieder zu mir, nahm meine Hand und zog mich ins Restaurant. Pia folgte uns.

Da es noch nicht Abendessenszeit war, waren so gut wie keine Gäste da. Sahira hatte meine Hand wieder losgelassen und war zielstrebig in die Küche gelaufen. Dann kehrte sie mit einer Frau zurück.

Die Frau kam auf uns zu, sagte »Namaste«, legte die Hände vor der Brust zusammen und verbeugte sich leicht. »Guten Tag, ich bin Frau Gupta, Sahiras Mutter.«

Ach so. Sahiras Mutter arbeitete wohl hier. »Wollt ihr etwas essen?«, fragte sie freundlich.

»Nein, deshalb sind wir nicht hier. Eigentlich wollten wir … also ich bin … es ist wegen des Förderunterrichts.«

»Ja, ich weiß. Du hilfst Sahira bei den Hausaufgaben. Sie hat es mir erzählt.«

Ich brauchte ein wenig Zeit, bis ich begriff, was Frau Gupta gesagt hatte, sie sprach zwar Deutsch, aber ihr Singsang war so indisch, dass ich es im Kopf noch einmal nachklingen lassen musste, um zu verstehen, wovon sie gesprochen hatte.

»Ja, genau darum geht es. Irgendwie war es heute etwas hektisch und ich war nicht dazugekommen, mich um Sahira zu kümmern. Tut mir wirklich leid. Aber das wollte ich jetzt nachholen. Sahira hat nämlich ihre Hausaufgaben noch nicht gemacht und …«

Frau Gupta wandte sich mitten im Satz an ihre Tochter und stellte offensichtlich eine Frage, die ich nicht verstand, weil sie nicht Deutsch sprach. Sahira antwortete, was wieder wie Vogelgezwitscher klang, und Frau Gupta sah mich an.

»Sahira sagt, sie hätte alle Aufgaben erledigt.«

Ich lächelte milde. »Nun ja, sie war sehr fleißig, aber sie hat die ganze Zeit gemalt. Das ist okay, kein Problem, wir machen es halt jetzt, das kriegen wir hin.«

Wieder sprach Frau Gupta mit Sahira. Die holte nun ihre Schulhefte und gab sie ihrer Mutter. Sie schaute sie sorgfältig durch.

Ich sagte: »Sehen Sie: nur gemalt. Aber sehr schön.«

Frau Gupta lachte und hielt mir ein Heft hin. »Diese vielen kleinen Zeichen, die hintereinanderstehen …«

»Ja, ich finde wirklich, dass Ihre Tochter Talent hat.«

Sie lächelte sehr freundlich. »Das sind indische Schriftzeichen: Dewanagari. Sahira hat ihre Hausaufgaben in Hindi gemacht.«

»Ach was!« Ich nahm das Heft und betrachtete es. »Das kann ja keine Socke lesen.«

»In Sahiras Schule gibt es eine Lehrerin, die aus Indien kommt. Sahira darf daher ihre Aufgaben erst mal wie gewohnt in Hindi machen, bis sie die lateinische Schrift beherrscht.«

»Latein kriegt sie aber frühestens in der Siebten.«

»Ich meinte die lateinische Schrift.«

Da ich immer noch kein erhelltes Gesicht machte, erklärte sie: »Die Schriftzeichen der deutschen Sprache nennt man lateinisch.«

Boy, die kannte sich ja gut aus – in meinem Land.

»Sahira hatte zwar schon ein halbes Jahr Englisch, aber sie hat sich an die Schrift noch nicht gewöhnt.«

Englisch. Da ich es lesen konnte, galt das wohl auch als lateinische Schrift. Sehr verwirrend. Wie konfus musste das dann erst für Sahira sein? War wohl echt nicht so einfach, sich in einem fremden Land mit einer fremden Sprache zurechtzufinden. Wie schafften Ausländer das bloß?

»Okay«, meinte ich schließlich. »Dann kann ich also jetzt nichts mehr für Sahira tun?«

»Eigentlich nicht. Aber es ist wirklich nett von dir, dass du dir um Sahira Gedanken machst. Wollt ihr nicht doch etwas essen? Setzt euch, ich bringe euch ein paar Vorspeisen.«

Ich schüttelte den Kopf.

»Lieber nicht.« Leise sagte ich: »Wir haben kein Geld dabei.«

Sie lachte. »Ihr müsst nicht bezahlen.«

»Das können Sie doch nicht machen, Sie kriegen sonst Ärger.«

»Mit wem? Das Restaurant gehört uns. Nun setzt euch doch. Sahira, kümmre dich um deine Gäste.« Dann ging sie zurück in die Küche.

Sahiras Kümmern sah so aus, dass sie uns zu einem Tisch zog, sich uns gegenübersetzte und uns ganz lieb anlächelte.

»Weißt du was?«, flüsterte ich Pia zu. »Ich glaube, genau genommen ist Sahira womöglich schlauer als wir beide. Sie könnte eher uns etwas beibringen.«

Sahira stand auf und kam mit drei leeren Zetteln und drei Stiften zurück. Sie legte Pia und mir jeweils ein Blatt und einen Stift hin und malte auf ihren Zettel wieder diese Ornamente. Darunter schrieb sie auf Deutsch »Schule«. Sie deutete zwischen den beiden Wörtern hin und her und dann gab sie uns Zeichen, wir sollten das Hindi-Wort für Schule abschreiben.

»Ich glaube, wir bekommen gerade Unterricht in Indisch«, meinte ich zu Pia. Doch die war schon eifrig dabei, die merkwürdigen Zeichen, die Sahira vorgemalt hatte, abzuschreiben.

Kapitel siebzehn

Heute war es endlich so weit. Der große Tag war da, die Oma-Generalprobe fand statt.

Frau Feldmann hatte ihre Mutter, Gertrud Hönig, schon zu uns gebracht. Nun machte sie sich auf den Weg, um Peter Karsten zu treffen und dann mit ihm zu Pia zu kommen.

Wir saßen auf der Terrasse, hatten den Tisch für Kaffee und Kuchen gedeckt und versuchten, mit der älteren Dame noch mal ihren Text zu üben. Frau Feldmanns Mutter war sehr niedlich, sehr lieb, aber leider auch sehr verwirrt. Sie lächelte die meiste Zeit glücklich vor sich hin und schien in ihrer eigenen Welt zu sein. Eigentlich keine schlechte Ausgangsbasis, aber ich hatte mir eigentlich mehr erhofft, als nur eine süße Seniorin in der Schule vorzuführen und sie als Pias Oma auszugeben. Ich wollte eine Großmutter für Pia, die total pfiffig und rüstig war und Geschichten aus Pias Kindheit erzählen konnte. Aber nun ja, sie war besser als *keine* Oma. Sie sollte sich aber auf alle Fälle Pias Namen merken und dass sie Pias Großmutter war.

Ich dachte, mit Wiederholung würden wir das hinkriegen.

Pia stellte sich vor sie und sagte zum x-ten Mal: »Ich bin Pia. Ich bin Ihre Enkelin.«

Frau Hönig strahlte und nickte. Bisher hatte sie noch nichts gesagt.

Ich stand auf und deutete auf Pia. »Pia ist Ihre Enkelin.«

Nun setzte sie an zu antworten. Endlich.

»Ja«, sagte sie. »Sie sieht aus wie eine Engelin. Sagt man Engelin? Ich dachte immer, es heißt Engel? Auch wenn es ein weiblicher Engel ist.«

Ich gab ihr recht und wandte mich an Pia: »Probier's noch mal, ohne das Wort Enkelin zu benutzen. Das lenkt sie ab.«

Pia übte geduldig weiter: »Wir beide sind verwandt. Sie sind meine Großmutter.«

»Ach ja, das wäre schön«, nickte sie. »Ich hab mir immer gewünscht, eine Großmutter zu sein. Aber meine Tochter hat keine Kinder.«

Na toll, das bekam sie wiederum auf die Reihe.

Pia drehte sich zu mir. »Das geht nie gut.«

»Ältere Leute sind oft mal verwirrt, es fällt bestimmt nicht auf. Und sie sieht wirklich hübsch aus und sie ist sehr freundlich.«

»Aber das nützt nichts, wenn sie freundlich verkündet, sie habe keine Enkelkinder.«

»Engel-Kinder«, kicherte ich.

»Mir ist nicht nach Scherzen zumute.«

»Tut mir leid.«

Es klingelte an der Haustür, ich seufzte, sagte zu Pia: »Versuchen wir's trotzdem«, und ging, um die Tür zu öffnen.

Als ich mit Frau Feldmann und Herrn Karsten zurückkam, erschien plötzlich Frau Berghof in Pias Garten und betrat, so als wäre das ganz normal, die Terrasse.

Pia und ich erstarrten. Was würde jetzt passieren?

Frau Berghof warf uns einen tadelnden Blick zu und raunte: »Das ist ja ein Trauerspiel, das kann man ja nicht mit anhören.« Dann ging sie zu unserem Besuch und stellte sich vor: »Guten Tag, ich bin Pias Großmutter.«

Pia und ich schnappten gleichzeitig nach Luft. Auch Frau Feldmann machte ein verblüfftes Gesicht.

Ich sah zu Frau Hönig.

Sie murmelte lächelnd: »Na so was! Und ich dachte, ich wäre Pias Großmutter.«

Was denn? Jetzt hat sie ihren Text drauf? Na ja, zu spät.

Frau Feldman warf mir einen fragenden Blick zu, ich zog die Schultern in die Höhe, um anzudeuten, dass ich von all dem keine Ahnung hatte. Sie wiegte den Kopf hin und her, was wohl bedeuten sollte: Nun ja, dann spielen wir halt mit. Sie stellte Peter Karsten ihre Mutter einfach als ihre Mutter vor. Das schien ihr sehr viel angenehmer zu sein.

Falls ich je über Amalia Berghof gemeckert haben sollte, nahm ich alles auf der Stelle zurück. Die Frau war der Knüller! Sie war so überzeugend, dass ich selbst zum Schluss daran glaubte, sie wäre Pias Oma.

Sie bat die Gäste, Platz zu nehmen und scheuchte Pia erst mal in die Küche, um Kandiszucker zu holen.

»Wir haben keinen«, sagte Pia kleinlaut.

Frau Berghof schüttelte den Kopf. »Ich sag deiner Mutter immer wieder: In Tee gehört Kandiszucker.«

»Das ist kein Tee«, stellte ich klar und wies auf die Kaffeekanne.

Frau Berghof wandte sich an Frau Feldmann und Herrn Karsten. »Ich verstehe nicht, wieso meine Tochter ihrem Kind erlaubt, Bohnenkaffee zu trinken. Wir haben früher Malzkaffee getrunken, bis wir volljährig waren.«

Frau Feldmann lachte.

Frau Berghof fragte Pia: »Habt ihr Tee da?«

»Pfefferminz.«

»Gut, dann macht bitte für euch beide einen Pfefferminz-Tee. Ich kümmere mich um unsere Gäste.«

Sie nahm die Kaffeekanne, schenkte ein und verteilte die Kuchenstücke.

Verwirrt und ziemlich überfordert gingen Pia und ich in die Küche.

»Glaubst du das? Wahnsinn, oder? Wie kommt die Berghof auf die Idee, sich als meine Großmutter auszugeben?«

»Offensichtlich hat sie mitgekriegt, wie wir verzweifelt versucht haben, Frau Hönig beizubringen, deine Großmutter zu spielen. Bei Reihenhäusern hörst du nebenan jedes Wort, wenn du auf der Terrasse sitzt.«

»Unglaublich. Wieso macht sie das?«

»Weiß nicht. Sie hatte vielleicht nichts Besseres zu tun.«

»Ob das wohl gut geht? Ich meine, wir haben ja nicht mit ihr geübt.«

»Sie kennt dich von klein auf. Sie kennt deine Mutter, sie kennt dein Leben. Und jetzt mach lieber schnell Pfefferminz-Tee, sonst kriegen wir Ärger.«

»Ich mag aber gar keinen Pfefferminz-Tee, den trink ich nur, wenn ich krank bin.«

»Dann stell dir vor, du wärst krank. Wir machen besser, was sie sagt.«

Als wir wieder auf die Terrasse kamen, war Frau Berghof bereits voll in ihrem Element. Sie erzählte von Pias Kindheit und schmückte die Geschichten mit lustigen Anekdoten aus. Herr Karsten saß schweigend da, aber er schien für keine Sekunde anzuzweifeln, dass Frau Berghof Pias Oma war. Frau Feldmanns Mutter strahlte die ganze Zeit und Frau Feldmann nickte uns heimlich anerkennend zu.

Frau Berghof berichtete nun, ihre Tochter wäre mit ihrer Enkelin Pia damals extra neben sie gezogen, und das hätte sich nach der Scheidung als gute Idee herausgestellt, denn nun konnte sie auf das Kind achten, da Pias Mutter ja so viel arbeiten musste.

Pia und ich saßen sprachlos da und staunten nur. Amalia Berghof war genial. Sie hatte Talent zum Alleinunterhalter. Sie erzählte dies und jenes, kam vom Hölzchen aufs Stöckchen und schließlich landete sie bei ihren Jugenderinnerungen.

»Mein Vater war im diplomatischen Dienst und wir haben auf der ganzen Welt gelebt. Unter anderem im Kongo.«

»In der Demokratischen Republik Kongo?«, fragte Frau Feldmann.

»Damals hieß es Belgisch Kongo. Dann nannten sie es eine Weile lang Zaire und wie es heute heißt, ist mir egal. Inzwischen haben sie den afrikanischen Staaten neue Namen gegeben, die kein Mensch aussprechen, geschweige denn sich merken kann. Mit meinem Vater bin ich damals oft nach Kenia gefahren, zur Großwildjagd. Löwen, Elefanten, Leoparden, Büffel, Nashörner. Die großen Fünf eben.«

Ich fröstelte. Kein Wunder, dass Pia und ich Angst vor ihr hatten. Wobei, wenn sie als Kind schon so Furcht einflößend war wie heute, hatten sich die Tiere bestimmt freiwillig ergeben und sind mit hoch erhobenen Pfoten aus dem Busch gekommen.

Als ich wieder zuhörte, hatten wir Afrika offensichtlich verlassen und waren in Indien.

»Wir lebten damals in Bombay«, erzählte Frau Berghof.

»Mumbai«, korrigierte Frau Feldmann erneut.

»Wollen *Sie* die Geschichte erzählen?«, fragte Frau Berghof streng. »Damals hieß es Bombay. Jedenfalls waren wir mit einem Maharadscha befreundet, der als Haustier einen Elefanten hatte.«

»Das muss ja ein ziemlich großes Haus gewesen sein«, bemerkte ich.

»Es war ein Palast«, warf sie mir etwas unfreundlich entgegen. Dann fuhr sie fort: »Der Elefant hatte einen Kopfschmuck mit einem riesigen Rubin. Der jedoch eines Tages von einem Affen geklaut wurde.«

Ich war ziemlich beeindruckt, bis mir einfiel, dass es ja gut sein konnte, dass sie das alles gerade erfand.

Dann stoppte Frau Berghof ihre Erzählung. Sie sah Pia und mich an. »Nennt mir doch mal den Unterschied zwischen dem afrikanischen Elefanten und dem indischen?«

»Ähm, sie sprechen verschiedene Sprachen?«, alberte ich.

»Ich hoffe, das sollte witzig sein. Es ist nämlich Unsinn. Wie lautet also die richtige Antwort?«

Ich schwieg eingeschüchtert.

Pia überlegte angestrengt, dann rief sie: »Der eine hat kleine und der andere große Ohren.«

»Sehr gut, Pia! Der indische Elefant hat kleine Ohren, der afrikanische große Ohren. Ich merk es mir immer damit, dass Afrika größer ist als Indien. Größeres Land, größere Ohren.«

Dann kam sie wieder auf den Maharadscha und den diebischen Affen zurück.

Nach sehr unterhaltsamen anderthalb Stunden bedankte und verabschiedete sich Frau Feldmann sehr herzlich, Herr Karsten nickte und murmelte etwas und Frau Feldmanns

Mutter behauptete: »Pia ist meine Lieblingsenkelin!« Ich bot an, die Gäste zur Tür zu bringen.

Als wir außer Hörweite waren, flüsterte Frau Feldmann: »Wer ist das?«

»Unsere Nachbarin.«

»Und wieso …«

»Keine Ahnung. Das hat sie im Alleingang gemacht. Sie stand plötzlich auf der Terrasse und hat die Regie übernommen.«

»Sie ist sehr … na, sagen wir: *anders.*«

»Ich bin nicht mal sicher, ob sie überhaupt zur Spezies Mensch gehört«, flüsterte ich.

Frau Feldmann lachte. »Aber nun ist zumindest Pias Problem gelöst. Sie ist sehr überzeugend als Oma. Fragt eure Nachbarin doch, ob sie auch in der Schule als Pias Großmutter auftreten will.«

»Lieber nicht. Ehrlich gesagt: Ich habe etwas Angst vor ihr.«

»Kann ich gut verstehen.«

Frau Berghof hatte Pia und mir noch Anweisung gegeben, dass der Tisch wieder abgeräumt werden sollte und alles picobello in Ordnung gebracht werden musste. Dann schritt sie hoch erhobenen Hauptes von der Terrasse.

Pia und ich riefen ihr überschwänglich Dankesworte hinterher. Doch sie war nicht eine Spur freundlicher zu uns als sonst, sondern drehte sich nur noch mal kurz um und verkündete barsch: »Sagt Bescheid, wann dieser Großelterntag in der Schule ist. Ich werde da sein!«

Sie verließ Pias Garten und ging in ihren. Aber nicht ohne uns noch einmal zu ermahnen: »Und bleibt weg aus meinem Garten!«

Ich zog die Stirn kraus und sagte, so leise wie möglich, zu Pia: »Glaubt man das?«

Pia strahlte glücklich. »Ja, ich kann's auch nicht fassen: Ich hab eine Großmutter! Und zwar eine ziemlich coole!«

So hatte ich das eigentlich nicht gemeint, aber Pia hatte recht: Frau Berghof war perfekt für diese Rolle.

Kapitel achtzehn

Als ich am nächsten Tag von der Schule nach Hause kam, war mein Vater nicht da. Dafür aber Paul und Nils, die auf dem Esstisch verdächtig aussehende Dinge aufgebaut hatten. Rohe Kartoffeln, die miteinander verdrahtet waren, Zitronen und Äpfel lagen herum, ein paar Anleitungen waren auf dem Tisch verstreut und zwei Kartons mit allerlei Zeug standen auf dem Boden.

»Was ist mit Mittagessen?«, erkundigte ich mich.

»Nein danke«, sagte Paul. »Wir haben uns Pommes geholt.«

»Ich hatte nicht gefragt, ob ich euch was zu essen machen sollte, sondern was es zum Mittagessen gibt.«

»Keine Ahnung. Guck halt, was du findest. Aber davon lass bitte die Finger.« Paul deutete auf die Kartoffeln, die Äpfel und die Zitronen. »Nils und ich brauchen das.«

»Wo ist Paps?«

»Unterwegs, mit seiner Schmetterlings-Truppe.«

»Mit wem? Ach, du meinst die Naturschützer. Die Hamster-Patrouille ist also schon im Einsatz.«

»Was auch immer«, meinte Paul und drückte mir das Ende eines dünnen Kabels in die Hand. »Halt mal.« Dann nickte er Nils zu. »Jetzt.«

Nils nahm sein Handy, richtete es auf mich und Paul drahtete an irgendetwas herum. Ich spürte ein unangenehmes Kribbeln in meiner Hand und ließ das Kabel los.

»Hey, was soll das!«, schimpfte ich.

»Es funktioniert«, stellte Paul zufrieden fest, dann wandte er sich an Nils: »Hast du's gefilmt? War nicht so der Hit, oder? Vielleicht lassen wir lieber kleine Glühbirnen leuchten …«

»Was gefilmt?«, fragte ich.

»Deine Reaktion. Für YouTube.«

»Sag mal, spinnst du? Was soll das?«

Er blickte mich stolz an. »Wir haben Strom erzeugt. Mit einer Kartoffel. Kartoffel-Batterie nennen wir Physiker das.«

»Du hättest mich umbringen können.«

»Mit 0,8 Volt?« Dann gab er Nils weitere Anweisungen: »Jetzt probieren wir es mit Zitronen. Und danach mit den Äpfeln.«

»Hört sofort damit auf!«, befahl ich streng, denn mein Vater sagte routinemäßig, wenn er das Haus verließ, zu mir: *Hab ein Auge auf Paul.*

Paul schnauzte mich an: »Also echt! Da zeigt man ein Mal Interesse an einem Schulfach, und schon kommt jemand daher und meckert. Wir machen hier freiwillig physikalische

Experimente!« Er setzte nach: »War ja schließlich deine Idee, uns zu dem Wissenschaftsdingens zu schleppen, damit wir uns für Physik interessieren. Also, freu dich, dass du Erfolg gehabt hast.«

Oh. Hm. Stimmt, so könnte man das auch sehen. Ich hatte geholfen. Und das war was Gutes!

Also sollte ich positiv reagieren. Verhalten positiv.

»Na gut. Das ist ja grundsätzlich erfreulich, aber … ich hoffe doch, dass niemand zu Schaden kommt. Unser Esstisch zum Beispiel.«

Ich sah in einen der Kartons und betrachtete die weiteren Utensilien. »Was habt ihr damit vor?«

»Als Nächstes kommt eine Wasserfontäne dran, dann ein Vulkanausbruch …«

Ich unterbrach ihn. »Aber doch wohl nicht bei uns im Haus?!«

»Wo denn sonst?«

»Du Holzkopf! Draußen natürlich!«

Paul sah Nils an.

Nils meinte: »Hab ich dir doch gesagt! Dann müssen wir auch nicht so viele Wassereimer durch die Gegend schleppen. Wir suchen uns irgendwo ein Gewässer für die Fontäne.«

Ich nickte. »Ja, das macht mal. Und der Vulkan bricht bitte auch nicht in unserem Wohnzimmer aus!«

So, das war doch jetzt eine verantwortungsvolle pädagogische Maßnahme.

Aber Hunger hatte ich immer noch. Ich entschied, zu Pia

zu gehen. Ihre Mutter bereitete immer morgens Pias Mittagessen vor, das sie sich dann nur noch warm machen musste, wenn sie aus der Schule kam. Früher schaffte Frau Bernhardt es, mittags ebenfalls zu Hause zu sein und gemeinsam mit ihrer Tochter zu essen. Doch in den letzten Monaten blieb ihr dazu keine Zeit mehr. Aber sie kochte nach wie vor für zwei, was mir heute sehr gelegen kam.

Ich huschte schnell durch Frau Berghofs Garten und klopfte bei Pia an die Terrassentür. Frau Bernhardt öffnete.

»Luna!«, rief sie erfreut. »Schön, dich zu sehen! Wie geht's dir?«

»Gut! Und Ihnen?«

»Bestens, ich habe endlich mal wieder einen freien Nachmittag. Meiner Kollegin sind wohl die Krankheiten ausgegangen, sie ist heute tatsächlich pünktlich zum Dienst erschienen. Komm doch rein.«

Ich zögerte. Eigentlich wollte ich die beiden nicht stören, sie hatten in den letzten Wochen so wenig Zeit zusammen verbracht.

»Nee, ich geh dann mal wieder.«

Frau Bernhardt war verblüfft. »Aber wieso? Du bist doch gerade erst gekommen. Was wolltest du denn?«

»Ich … ähm, wollte Pia nur ganz kurz etwas geben.« Das war nicht gut, denn ich hatte nichts in der Hand, was ich ihr hätte geben können.

»Und was?«, fragte sie auch schon.

»Einen Ratschlag«, sagte ich daher. Nein, war auch nicht

gut, das klang ja so, als ob Pia Ratschläge nötig hatte, dann machte sich ihre Mutter vielleicht Sorgen um sie.

»Nein, keinen Ratschlag«, korrigierte ich daher. »Pia braucht keine Ratschläge von mir, sie hat alles im Griff. Ist eher so, dass sie mir Ratschläge erteilt.« Damit war immer noch nicht erklärt, was ich Pia geben wollte. Wieso hatte ich das bloß gesagt?! Dann fiel mir zu meiner Rettung ein: »Ich wollte Pia eine Antwort geben. Sie hatte mich vorhin in der Schule etwas gefragt und mittlerweile weiß ich die Antwort.«

Würde sie jetzt annehmen, dass Pia nicht aufpasste in der Schule?

»Nichts, was mit dem Unterricht zu tun hat. Pia ist echt gut in der Schule und so.«

Frau Bernhardt lachte. »Ist schon gut. Komm einfach rein. Pia ist in der Küche.«

Während Pias Mutter den Tisch deckte, lief ich schnell zu Pia. Sie holte gerade zwei Portionen Lasagne aus dem Backofen.

»Hey, was gibt's?«, begrüßte sie mich.

»Möchtest du mitessen?«, fragte Frau Bernhardt, bevor ich Pia antworten konnte. Sie war nun ebenfalls in die Küche gekommen.

»Ähm …« Ich sah auf die zwei Portionen, und da ich den beiden nichts wegessen wollte, meinte ich tapfer: »Nein danke«, obwohl mir das Wasser im Mund zusammenlief.

Jetzt schnell den Rückzug antreten. Halt, ich musste Pia ja noch die angekündigte Antwort auf die nicht gestellte Frage geben. »Du wolltest doch wissen, was Paul für Experimente macht.« Pia sah mich etwas irritiert an, schnell fuhr ich fort: »Vulkane. Er bastelt Vulkane. Ist doch echt verrückt, oder? Na ja, wollte ich dir bloß sagen. Ich geh dann mal wieder.«

Ich war gerade dabei, Richtung Terrasse zu verschwinden, doch Pia schüttelte den Kopf, deutete auf die Haustür und sagte leise: »Frau Berghof ist zu Hause.«

»Ach was? Um diese Zeit ist sie doch nie da.«

»Ich hab sie vor einer Minute nach Hause kommen sehen.«

»Okay, gut zu wissen.«

Ich ging in den Flur, Pia kam kurz zu mir und flüsterte: »Schick mir nachher 'ne WhatsApp und sag mir, was dein Auftritt gerade sollte.«

Ich nickte und verließ das Haus. Als ich an Frau Berghofs Eingangstür vorbeikam, blieb ich stehen.

Der Auftritt von Amalia Berghof gestern und ihre Mitteilung, dass sie zum Großelterntag kommen würde, ließ mir keine Ruhe. Also, ich fand das echt super und so, aber ich wollte wissen, wieso sie so etwas Nettes tun wollte. Sie war nicht nett, war sie noch nie gewesen, zumindest nicht zu uns. Ich sah auf ihre Haustür und überlegte ernsthaft, zu klingeln und sie zu fragen. Die Gardine vom Küchenfenster bewegte sich.

Instinktiv wollte ich weglaufen, doch da öffnete sich die Haustür und Frau Berghof erschien.

»Hast du vergessen, wo du wohnst? Oder wirst du dafür bezahlt, hier als Statue rumzustehen?«, blaffte sie.

Ich sag's doch: Sie ist nicht nett!

»Weder noch!«, antwortete ich. »Ich war bei Pia. Und wie Sie sehen, geh ich außenrum.« Ich dachte, dafür gab es wenigstens einen Sympathiepunkt – war aber nicht.

»Willst du jetzt dafür gelobt werden oder was?«, fragte sie nur.

Frau Berghof hatte die Haustür weit geöffnet. Ich konnte in ihr Wohnzimmer sehen, auf die Terrasse und ich hatte einen freien Blick in ihren Garten. Und da entdeckte ich plötzlich Paul und Nils. An Frau Berghofs Teich. Das durfte doch nicht wahr sein! Diese beiden Schnarchnasen wollten nicht etwa ihre Experimente in Frau Berghofs Territorium durchführen? Wenn sie sich umdrehte, würde sie die beiden sehen. Ich musste sie ablenken.

»Ähm, eigentlich wollte ich mich bei Ihnen bedanken.«

»Wofür?«

»Für gestern. Und dass Sie Pia zuliebe zum Großelterntag kommen wollen. Das ist echt supernett von Ihnen. Pia ist darüber sehr froh.«

Frau Berghof brummte nur. »Sonst noch was?«, fragte sie.

»Ja«, rief ich. Und das Einzige, was mir einfiel, war: »Ich hab Hunger.«

»Und da kommst du zu mir?«

»Ich war eben schon bei Pia, aber die haben nicht genug zu essen.«

Sie sah mich scharf an. »Wieso fragst du bei fremden Leuten nach Essen?«

Mir war klar, dass das nicht gut gehen würde. Trotzdem sprach ich weiter: »Mein Vater hat vergessen, für uns zu kochen.« Ich wollte ihn nicht so schlecht dastehen lassen, daher überlegte ich mir schnell noch einen Grund. »Er ist auf Hamster-Jagd. Nein, also eigentlich rettet er Hamster. Und Schmetterlinge.«

Da Frau Berghof mich sehr kritisch ansah, ergänzte ich: »Und Bäume. Also generell die Natur.«

Ich wurde nervös, denn ich sah, dass die Jungs inzwischen mit den Rücken zu uns an dem Tümpel knieten. Und dann schoss eine Wasserfontäne aus Frau Berghofs Teich in die Höhe. Trotz des Schreckmoments musste ich zugeben, dass ich beeindruckt war. Die zwei waren echt gut.

Frau Berghof bemerkte meinen Blick, drehte sich ruckartig um, entdeckte die beiden Jungs und fauchte empört: »Jetzt schlägt's aber dreizehn.« Wütend sah sie mich an. »Ist es das, worum es hier geht? Du sollst du mich ablenken, während die beiden Ganoven meinen Teich in die Luft jagen?« Empört schritt sie los Richtung Terrasse.

»Nein, das war kein Plan, ich hatte ja keine Ahnung«, rief ich und lief ihr nach. Sie bemerkte es, drehte sich um, schob mich nach draußen und schloss die Haustür vor meiner Nase.

Ich rannte in unser Haus und von dort in den Garten, natürlich nur in unseren Garten. An der Grenze blieb ich brav stehen. Vielleicht konnte ich die Jungs ja noch retten. Ich wollte ihnen eine Warnung zurufen, doch es war zu spät. Frau Berghof hatte sich einen Gartenschlauch gegriffen und hielt den Wasserstrahl auf die Jungs gerichtet.

»Ey!«, beschwerte sich Paul. »Was soll das?! Wir machen hier wissenschaftliche Experimente.«

»Das mach ich auch«, erwiderte Frau Berghof und verfolgte die Jungs gnadenlos mit ihrem Schlauch. Pudelnass retteten sie sich in unseren Garten, Frau Berghof stoppte ihre Attacke.

»Ich hab damit nichts zu tun!«, rief ich Frau Berghof zu. »Das war allein deren Idee!«

»Und es war eine gute Idee!«, wandte sich Paul an Frau Berghof. »Aber wenn Sie so reagieren, dann können Sie den Vulkanausbruch knicken! Dann machen wir den woanders!«

Irgendwie bewunderte ich ihn. Er war eindeutig in der schlechteren Position, aber furchtlos schimpfte er weiter: »Andere Leute würden sich freuen, mal eine Wasserfontäne in Aktion zu sehen und junge Menschen in ihrem Wissensdurst unterstützen zu können …«

Ich schubste Paul an. »Sei still!«

»Es tut uns wirklich leid«, flötete ich Frau Berghof zu und scheuchte die Jungs ins Haus.

»Wehe, sie ist jetzt sauer und …« Ich stoppte. Eigentlich

wollte ich sagen: *Und spielt nicht mehr Pias Großmutter*, aber ich hielt es nicht für eine gute Idee, Paul in dieses Vorhaben einzuweihen. »Und beschwert sich bei unseren Eltern«, beendete ich meinen Satz.

Paul zuckte bloß mit den Schultern.

»Du kriegst Riesenärger!«, teilte ich ihm mit. Es störte mich, dass er völlig unbeeindruckt war.

»Wie seid ihr bloß auf so eine dämliche Idee gekommen?«, schimpfte ich.

»Genau genommen war es ja dein Vorschlag.«

»Bitte?«

»Na ja, du hast gesagt: keine Experimente im Haus. Und du hast gesagt, wir sollten rausgehen und uns ein Gewässer suchen.«

»Oh nein, das hängst du mir nicht an.«

»Entschuldige mal, die ganze Physikexperiment-Sache war doch deine Idee.«

»Mit keinem Wort hab ich je gesagt: Jagt Frau Berghofs Teich in die Luft.«

»Also nun übertreib mal nicht, der Teich ist immer noch an derselben Stelle.«

»Egal. Ich will, dass ihr das irgendwie wiedergutmacht.«

»Wozu?«

»Damit sie nicht mehr sauer ist. Ich brauche sie und zwar gut gelaunt!«

»Wofür denn?«

»Schon mal was von guter Nachbarschaft gehört? Und

jetzt will ich nicht mehr weiter darüber reden. Lasst euch was einfallen, um sie wieder zu versöhnen.«

»Was denn?«

»Keine Ahnung, backt ihr einen Kuchen, was weiß ich.«

Über Pauls Gesicht zog sich ein breites Grinsen. Er nickte. »Kuchen! Super Idee.«

Seine Reaktion beunruhigte mich ein wenig.

Kapitel neunzehn

Der Gedanke, dass Frau Berghof wegen Paul ihre Zusage für den Großelterntag rückgängig machen könnte, nagte an mir. Das musste ich unbedingt klären. Aber ich hatte nicht den Mut, noch einmal einfach so zu ihr rüberzugehen, zu klingeln und zu fragen. Mir wäre eine zufällige Begegnung lieber. Aber wie arrangiert man eine zufällige Begegnung?

Ich wusste, dass sie mittags öfter zu einem kleinen Bäcker ging, der in seinem Laden drei Tische aufgestellt hatte, wo man Kaffee trinken und Kuchen essen konnte. Dort würde ich auftauchen, ganz erstaunt tun und mit ihr plaudern. Das war eine hervorragende Idee, schon deshalb, weil ich immer noch Hunger hatte.

Beim Bäcker kaufte ich mir ein Laugenbrötchen. Ich hatte Glück, Frau Berghof war tatsächlich da. Beim Rausgehen tat ich so, als würde ich sie jetzt erst bemerken.

»Hallo, Frau Berghof«, grüßte ich freundlich und ging zu ihrem Tisch. »Das ist aber ein Zufall.«

Sie sah kurz auf und meinte: »Du schon wieder?! Ich glaube nicht an Zufälle.«

Ich setzte mich. »Okay, es ist kein Zufall. Ich bin hier, weil ich mit Ihnen reden wollte. Es tut mir echt leid, wegen Paul und Ihrem Teich! Ganz ehrlich, das war kein Komplott, von wegen, ich lenke sie ab, während er ihren Teich in die Luft sprengt. Er interessiert sich für Physik, aber wohl mehr für physikalische Experimente. Und eigentlich sind wir sehr froh darüber, weil er in Physik immer schlechte Noten hat und …«

Sie hob die Hand, um mich zum Schweigen zu bringen. Es wirkte, denn ich hielt den Mund.

»Seine Noten sind mir egal. Wieso könnt ihr Kinder euch nicht einfach von meinem Garten fernhalten?«

»Es ist der beste Garten in der ganzen Siedlung.«

»Vielleicht, weil keine Kinder darin herumtoben.«

»Nein, weil Sie so einen coolen Teich haben, mit dem Steg, dem Schilf und den Fröschen und so.«

»Eben. Es ist ein sorgfältig angelegtes Biotop und kein Spielplatz.«

»Okay.«

»Also lasst meinen Teich in Ruhe.«

»Alles klar.«

»Und der junge Einstein soll sich bei mir entschuldigen.«

»Einstein?«

»Wissenschaftler, Physik, Paul?!«

»Ach so, ja.« Ich nickte eifrig. »Der Meinung bin ich auch und ich hab schon angeordnet, dass er sich entschuldigen soll.«

»Sonst noch was?«, fragte sie mürrisch.

»Ähm. Nein.«

Sie wandte sich ihrem Kuchen zu und begann zu essen. Ich blieb sitzen.

Sie blickte mich irritiert an. »Hast du vergessen aufzustehen und zu gehen? Oder gibt es doch noch etwas?«

Ich atmete tief durch und nahm all meinen Mut zusammen: »Ich wollte noch fragen, ob Sie immer noch bereit sind, Pias Oma zu spielen.«

Sie kniff empört die Augen zusammen. »Was denkst du denn von mir? Glaubst du, ich wäre so kleingeistig, dass ich Pia jetzt hängen lasse, nur weil ich mich über deinen Bruder und seinen Freund geärgert habe?«

Ich war etwas verwirrt, wusste nicht, wie ich reagieren sollte. Ihr Tonfall klang ziemlich vorwurfsvoll und ich hatte offensichtlich schon wieder etwas falsch gemacht. Aber wenn ich sie richtig verstanden hatte, ging das klar, mit dem Großelterntag. Also sollte ich vielleicht einfach nur lächeln und Danke sagen? Oder machte ich besser ein zerknirschtes Gesicht und murmelte eine Entschuldigung?

»Was schaust du mich an wie ein Reh, das in Autoscheinwerfer guckt?«

»Ähm, also Sie kommen in die Schule?«

Sie verdrehte die Augen. »Willst du eine schriftliche Zusicherung?«

Das hatte sie ironisch gemeint, oder?

»Und jetzt geh und treib andere Leute in den Wahnsinn.«

Das war eine eindeutige Aufforderung, der ich Folge leisten sollte. Zumindest dem ersten Teil. Ich stand also auf, verabschiedete mich kurz und verschwand.

Auf dem Heimweg knurrte noch immer mein Magen. Mist, ich hatte die Tüte mit meinem Laugenbrötchen bei Frau Berghof auf dem Tisch liegen lassen. Nein, zurück konnte ich auf keinen Fall! Wenn das so weiterging, würde ich verhungern. Oder mir zu Hause tatsächlich etwas selbst machen müssen.

Davor inspizierte ich aber erst mal den Vorratsschrank und fand eine Tüte Chips. Gut. Das müsste vorerst genügen, um mich vor dem Hungertod zu bewahren.

Am späten Nachmittag kam mein Vater nach Hause, spazierte in die Küche und hielt anklagend eine Tüte in die Höhe.

»Die hab ich im Briefkasten gefunden. Hast du eine Ahnung, wer uns ein Laugenbrötchen in den Briefkasten werfen würde, Luna?«

Mein vergessenes Laugenbrötchen! Yummi! Frau Berghof hatte es wohl mitgebracht. Wie lieb von ihr! Oder war das nicht lieb gemeint, sondern vorwurfsvoll? Sollte ich ihren Namen ins Spiel bringen? Da müsste ich allerdings viel erklären und genau das wollte ich eigentlich nicht.

»Nicht zu fassen«, seufzte er. »Mit Essen treibt man doch keine Scherze.« Er ging zum Abfalleimer und öffnete ihn.

»Das ist meins!«, rief ich in Panik.

»Deins?«

»Ja. Ich … das war ich. Ich hatte es dort abgelegt.«

Schnell griff ich nach der Tüte.

»Du legst ein Laugenbrötchen *im* Briefkasten ab?«

»Aus Versehen.«

»Wie kann man so etwas *aus Versehen* machen?«

Das war eine gute Frage. Auf die ich keine Antwort wusste.

»Ich glaub, ich werd alt«, sagte ich kopfschüttelnd, biss in mein Brötchen und verließ schnell die Küche.

Am nächsten Tag saß ich spätnachmittags mit Pia auf dem Steg in Frau Berghofs Garten. Natürlich sollten wir das nicht tun, aber es war nun mal unser absoluter Lieblingsplatz und es ist schwer, mit alten Gewohnheiten zu brechen. Außerdem war Frau Berghof um diese Zeit beim Seniorenturnen, also drohte keine Gefahr.

Ich hatte Pia von Pauls Auftritt im Berghof'schen Garten erzählt, sie aber gleich wieder beruhigt und ihr versichert, dass Frau Berghof nur auf mich und Paul sauer sei und nicht auf sie.

»Check mal unsere To-do-Liste, was sonst noch so anliegt. Ich würde gern mal was Leichtes erledigen, so zur Erholung. Irgendwas, wo nichts schiefgehen kann.«

Pia lachte. »Bei dir geht immer irgendwas schief.«

»Aber es ist nie meine Schuld.«

Pia lachte noch mehr. »Es ist *immer* deine Schuld. Vielleicht sollten wir mal eine Pause einlegen. Wir hatten ziemlich viel Chaos in der letzten Zeit.«

»Aber wir haben trotzdem jede Menge Probleme gelöst.«

»Haben wir nicht auch mindestens genauso viele verursacht?«

»Nein, nein, das siehst du falsch. Ich finde, wir können insgesamt sehr zufrieden sein.« Ich begann aufzuzählen: »Wir haben dafür gesorgt, dass ein Park angelegt wird, wo eigentlich nur Bürogebäude stehen sollten, und damit nebenbei Stress zwischen meinen Eltern verhindert.«

Pia nickte. »Stimmt, das war echt gut! Und es ist eigentlich auch nichts schiefgelaufen.«

»Wir haben Frau Schneider erfolgreich verkuppelt …«

»Also, eigentlich hatten wir ja einen anderen für sie vorgesehen«, warf Pia ein. »Und für unsere Einmischung haben wir eine Strafe aufgebrummt bekommen.«

»Den Förderunterricht? Den sehe ich nicht als Strafe, sondern als Chance, jetzt noch mehr Leuten zu helfen. Wir haben eine Oma für dich gefunden …«

»Aber nicht auf Anhieb. Und nicht die, die wir wollten. Das ist auch erst mal schiefgelaufen.«

»Na ja, aber dadurch haben wir Frau Feldmann kennengelernt und sie hilft jetzt im Tierheim. Also haben wir indirekt auch ein Problem für das Tierheim gelöst. Und durch mich hat Frau Feldmann Herrn Karsten und Felix getroffen, und sie hat jetzt jemanden mit Hund, mit dem sie spazieren gehen kann.«

Pia überlegte, dann nickte sie. »Ja, so gesehen, hat das auch ein gutes Ende gefunden.«

»Weißt du, irgendwie war das alles miteinander verbunden, eins hat zum anderen geführt. Fast wie eine Kettenreaktion. Zum Beispiel sind wir bei dem Versuch, Amor für Frau Schneider zu spielen, auf das Wissenschaftsfestival gestoßen und Paul interessiert sich jetzt für Physik. Das wird seine Note bestimmt verbessern.«

»Es hat aber auch dazu geführt, dass er mit Frau Berghofs Teich experimentiert hat.«

Ich seufzte. »Na ja, manchmal läuft es eben nicht ganz so ideal«, räumte ich ein. »Aber keine Sorge, die Nummer mit der Leih-Oma zieht sie durch.«

»Hat Paul sich schon entschuldigt?«

»Weiß nicht. Am besten frag ich ihn einfach mal.« Ich zog mein Handy raus und whatsAppte Paul.

Hast du den Kuchen für Frau Berghof schon gebacken?

Ja.

Was für einen?

Einen Vulkan-Kuchen!

Spinnst du?

Wieso? Ist doch lustig, wenn der ausbricht.

Den gibst du ihr auf keinen Fall!!

Zu spät. Gerade rübergebracht.

Sie ist nicht da.

Doch.

Verflixt. Ich sah Pia entsetzt an. »Wir müssen sofort weg. Die Berghof ist zu Hause.«

»Kann doch gar nicht sein!«

»Doch.«

»Wieso hat sie auf einmal ihren kompletten Tagesablauf geändert?«

»Wahrscheinlich wegen uns. Damit sie uns auf frischer Tat ertappen kann.«

Wir standen schnell auf und zwängten uns durch das Schilf am Teich. Und bekamen den Schreck unseres Lebens: Vor uns stand Amalia Berghof.

»Aha. Dachte ich's mir doch! Kommt sofort mit.«

Pia und ich warfen uns ängstliche Blicke zu. Was tun? Weglaufen?

»Worauf wartet ihr?«, bellte sie. »Folgt mir.«

Eingeschüchtert trotteten wir hinter ihr her, sie ging zu ihrer Terrasse. Der Tisch war für drei Personen gedeckt, in der Mitte des Tisches prangte ein Kuchen, der aussah wie ein Berg. Oben hatte er eine kleine Mulde. Der ganze Kuchen war mit Schokoladenglasur überzogen. Ich schluckte. Das war sicher Pauls Vulkan-Kuchen. Daneben lagen drei Zitronen und zwei Päckchen Himbeerbrausepulver.

»Setzt euch«, sagte sie im Befehlston. Sie war stehen geblieben und nahm einen Zettel in die Hand.

»Also. Das hier ist ein Vulkan-Kuchen …«

»Es tut mir so leid, ich weiß, das ist ziemlich frech von Paul. Ich werde ihn mir gleich mal vornehmen.«

Frau Berghof sah mich nur an und meinte: »Musst du denn immer so viel reden? Warte doch einfach, bis man dich was fragt.«

»'tschuldigung.«

»Also«, begann sie erneut und blickte wieder auf ihren Zettel. »Das hier ist ein Vulkan-Kuchen. Die Vertiefung in der Mitte des Kuchens wird mit Himbeerbrausepulver gefüllt. Gibt man nun den Saft von drei Zitronen dazu, erzeugt man einen Vulkanausbruch. Die Erklärung: Im Brausepulver ist Natriumhydrogencarbonat enthalten, gießt man Zitronensaft hinzu, kommt es zu einer chemischen Reaktion, es entsteht Kohlendioxid und das Gemisch brodelt und steigt in die Höhe.«

Pia und ich sahen uns fragend an. Warum erzählte sie uns das?

»So und jetzt macht euch mal nützlich und presst die Zitronen aus.«

Sofort schob sie uns ein Messer hin und eine kleine Hand-Saftpresse. Dann ein leeres Glas.

»Den Saft schüttet ihr hier rein.«

Da wir sie irritiert anblinzelten, wedelte sie mit dem Zettel und sagte: »So lauten jedenfalls die Anweisungen deines Bruders. Wollen wir mal sehen, was passiert, wenn wir sie befolgen.«

Wollte sie uns mitsamt Kuchen in die Luft jagen?

»Ist das eine Art von Bestrafung?«, erkundigte ich mich vorsichtig. »Weil wir schon wieder an Ihrem Teich waren?«

»Hatten wir uns nicht darauf geeinigt, dass du nicht ungefragt sprichst?«

Also von Einigung konnte keine Rede sein. Sie hatte

es angeordnet. Aber ich wollte keine Diskussion mit ihr anfangen. Daher folgten wir brav ihrer Aufforderung und gaben ihr dann das Glas mit dem frisch gepressten Zitronensaft.

Frau Berghof setzte sich, schüttete das Brausepulver in die Mulde, hob das Glas über den Kuchen und sagte: »So. Jetzt aufgepasst!«

Langsam goss sie den Zitronensaft über dem Krater aus. Es funktionierte. Brodelnd ergoss sich die Himbeerbrause-Lava über den Kuchen. Frau Berghof nickte anerkennend. Anscheinend war sie nicht sauer. Obwohl man das bei ihrem stets mürrischen Gesicht nicht so genau sagen konnte.

Und jetzt? Kam nun die Strafpredigt?

Doch stattdessen nahm sie ein Messer, schnitt drei Kuchenstücke ab und legte sie auf die Teller. Als wir nicht reagierten, sondern sie nur fragend ansahen, bellte sie: »Was ist? Mögt ihr keinen Kuchen?«

»Doch«, beeilten Pia und ich uns zu sagen.

»Dann esst. Ich hab Kakao für euch gemacht.«

Stumm schenkte sie uns ein.

So unhöflich wurde ich noch nie zum Kuchenessen eingeladen.

Pia strahlte Frau Berghof an. »Das ist echt supernett von Ihnen, vielen Dank!«

»Da nicht für«, meinte sie bloß. Dann wandte sie sich wieder an mich. »Und du? Kein Danke? Hast du keine Manieren?«

»Aber ich sollte doch nichts sagen!«, verteidigte ich mich.

»Ach was! Seit wann befolgst du denn Anweisungen?«

»Also Ihnen kann man aber auch nichts recht machen«, murmelte ich leise.

»Papperlapapp. Und jetzt reden wir mal über diesen Großelterntag. Was genau muss ich denn da tun?«